聖域捜査

安東能明

JN100431

祥伝社文庫

目次

3年8組女子

1

閑静な住宅街を抜けて、少しばかり開けた土地に出た。川沿いに延びたフェンスに沿って、すでにパトカーや機動捜査隊の車が縦列《じゅうれつ》駐車している。十日前から追いかけている援助交際のホシが現れたらしい現場だ。ほんの三十分前、機捜《きそう》から知らせが入った。

末尾に車をつけさせ、結城公一《ゆうきこういち》は外に出た。

うす暗い。五月の夜はさすがにまだ冷える。

コンクリート護岸の下に流れる石神井川《しゃくじいがわ》を結城はのぞき込んだ。投光器の明かりが川面《かわも》を照らし出していた。浅い流れに長靴《ながぐつ》をはいた数人の係員が立っている。そのあいだにうつぶせの恰好《かっこう》で水中に倒れ込んでいる男がいた。川の深さは十センチ足らず。背中と後頭部が水面上に出ている。顔は水の中に没していた。すでに事切れているのは、まちがいなさそうだ。

街路灯のもと、背広姿の男たちがひとりの女をとりかこんでいた。五十前後の主婦といった感じだ。男たちの腕に巻かれたいかめしい「捜一」の腕章を見て、結城は一瞬、気後《きおく》れした。しかし、あの中に割り込んででも、行かなくてはならない。

「……奥さんが見たときは三人だったわけ？」

太い声で質問を発する男のうしろに立ち、結城は様子をうかがった。

「ああ……はい」女が困惑した顔でつづける。「三人がぱっと散って、そのなかのひとりが、一目散《いちもくさん》にこのフェンスめがけて駆《か》け出して行って」

「それで、落ちたと思ったわけ?」

「……はい、たぶん」

「でも、おたくさんのマンションからだと、川に落ちたところまで見えないでしょ」

太い声の主は、ますます威圧的な態度で訊《き》いた。

「それはそうですけど、危ないって思ったんです。わたし、あわてて駆けつけたんですよ。でも、もう……」

女はこわごわ、六メートルほど下にある川面に顔を向けた。

「奥さんが一分ちょいかかって、ここにきたときには、もうあの状態だったんだね?」

「は、はい、そうです」

まったく、話が要領を得ない。どこかで入り込まなくては。だが、タイミングがつかめない。気ばかり焦《あせ》った。

これまでなら、遠巻きにかこんで、ただ見ていればよかった。しかし、ちがうのだ、いまは。自分のうしろには、五人の部下もいる。気後れするところなど、見せられない。

「ほかのふたりはもういなくなっていたの?」

「わかりません、でも、ほかに人はいなかったし……」

埒《らち》が明かない。

これ以上、待っていることはできなかった。

結城は勇をふるって一歩踏み込み、太い声の男の横に並んだ。

「申し訳ないですが、最初から順を追って話してもらえませんか？」

自分でも、声が上ずっているとわかった。太い声の主がふり向いた。結城をにらみつける。大柄だ。

髪は短く、箱形の顔。ピンと糊《のり》のきいたワイシャツにネクタイ。一課のにおいをぷんぷんまき散らしている。歳《とし》は四十五、六。

「おたくさん、だれ？」

「生活安全特捜隊《せいかつあんぜんとくそうたい》、班長の結城警部です」

男に負けてはならない。

そう思いながら言ったので、声のトーンがさらに高くなってしまった。

男の眉《まゆ》がつかの間、曇《くも》った。

「生安《せいあん》か……？」

男はそうつぶやくと、結城を無視して女との話を再開した。

結城のことなど眼中にないという態度に焦りを感じた。

生活安全特捜隊――。

少年事件やわいせつ事案をはじめとして、環境犯罪やサイバー犯罪まで、幅広い捜査対象を抱える警視庁生活安全部の捜査隊だ。小規模署に匹敵《ひってき》する数の隊員がいて、いくつか班《はん》分けされている。結城は総勢十二名を抱える第二班の班長だ。班は四人編成からなる三つの組に分かれ、それらのヘッドに石井《いしい》と土田《つちだ》、森下《もりした》という警部補の主任が配置されている。

しばらく、その位置で会話を聞くしかなかった。ほかの捜査員や結城の部下たちも同様に押し黙っている。

「ちょっと待ってくれないか」我慢できず結城は口をはさんだ。「こっちはなにも聞いていない。順を追ってもう一度、説明してもらいたい」

太い声の主はいきなり、結城のベルトをつかんで、身を寄せてきた。あっという間に三メートルほど後ずさりさせられた。フェンスに背中が押しつけられる。

「生安くんだりが首、突っ込んでくるんじゃねえ。てめえらは、ぼったくりバーの面倒でも見ていろ。わかったら、さっさと行けっ」

火の出るような怒気に触れて、結城は立ちすくんだ。背を見せた男に言葉を返すことができなかった。まるで、外勤の巡査に逆もどりさせられたような気がした。

これではいけない。

一歩、足を前に出そうとしたとき、別の手が伸びてきた。そのまま、捜査一課の男たちとは反対方向に身体《からだ》を向かせられた。

部下の石井誠司《せいじ》が自分と同じ年恰好の男を従《したが》えている。

「まあまあ班長」石井が言った。「こちら、捜査一課の矢吹《やぶき》係長です」

銀縁《ぎんぶち》メガネをかけた男の鋭い視線が結城の目に注《そそ》がれている。

「ヤマがはじまったばかりで、剣持《けんもち》の奴《やつ》、ぴりぴりしているんです」

と矢吹は言った。いま、啖呵《たんか》を切った男のことだろう。現場を仕切っていたのだから、警部補。主任クラスのはずだ。

助かったと結城は思いながら、石井を見やった。

ずんぐりじた身体に角刈りのすがすがしい頭。この秋、五十五歳になる石井は、あたりの雰囲気にすっかり溶《と》け込んでいる。

それに比べて、硬い棒でも入っているように、すっとまっすぐ伸びた結城の背広姿は裃《かみしも》を着ているようで、どこかぎこちない。わかっていても、長い制服勤務時代に身についた姿勢は、生半可《なまはんか》なことでは変えられない。

捜査を指揮する立場にあるとはいえ、私服での捜査活動は、まだひよっこもいいところだ。

「あそこにいる奥さんね、桜井《さくらい》さんていうんだけど、あのマンションの四階の住人」矢吹は川向こうのマンションをさしながら、説明をはじめた。「勤め先から帰ってきて、四階の外廊下を歩いていたら、このあたりで小競《こぜ》り合《あ》いのようなものを目撃したっていうようなことを言ってるんですが、いまひとつはっきりしなくてね……」

言葉遣いは丁寧《ていねい》だ。一課の係長とはいえ、生特隊で一班をあずかる結城と同格になるからだ。

桜井によれば、結城らがいる場所から十メートルほど下手にある街路灯の下で、三人が言い争いをしていたのが見えたという。女ひとりと男がふたり。男がもう片方の男につめよると、胸元あたりをこづき始めた。ただならぬ気配を感じて心配になり、桜井はマンションの階段を下った。路地を回り込み、ここに駆けつけたときには、すでに三人の姿はなかった。フェンスから川底を見下ろすと、男があの状態で倒れ込んでいた。そのあいだ、三分足らず。それが目撃したすべてだったという。

フェンスの高さは一・三メートル。その下は護岸が急角度で落ち込み、川面から一メートルほどのところに突堤《とってい》部分が突き出ている。

亡くなった男の名前は大村達也《おおむらたつや》、十九歳。すぐ先の空き地に駐車したオデッセイで、ここまできたらしい。

「……立川《たちかわ》の機捜から連絡が入りました」結城はようやく口を開いた。「あらかじめ、情報を流しておきましたので」

「お宅さんで追ってる援交のホシでしょ。機捜から聞きましたよ。ホトケの車にこれが残っていましてね。たぶん、ホトケの持ち物です」

矢吹はポケットからビニール袋をとり出した。携帯電話が入っていた。袋の中に入ったままでフラップを開けると、モニターにその文字が浮かび上がった。

〈池袋《いけぶくろ》東口　バハールで待ってるね　3年8組女子〉

結城は石井と顔を見あわせた。

「マユミだな」

「まちがいないですね」

2

生活安全部のハイ対《たい》（ハイテク犯罪対策総合《はんざいたいさくそうごう》センター）から、〝3年8組女子〟を名乗る人物が、あちこちの出会い系サイトに出没するようになったという連絡を受けたのは、四月のはじめ。結城が生活安全特捜隊に着任して一週間目のことだった。

結城は自分の携帯電話をとり出し、登録してあるメールを見た。ハイ対から見本用として全隊員に送られてきたものだ。

〈週1回¥3でサポしてくれる人募集　3年8組女子〉

¥3は三万円、サポは援助交際の意味。携帯の画面をスクロールさせると、トンボ型のサングラスをかけた女の写真が現れた。ふっくらした頬《ほお》と小ぶりな顎《あご》。目元は隠れているが、顔全体の表情からすれば若い。いや、幼いといったほうがいい。

高校生か、もしかすると中学生。出会い系サイトにこうして堂々と援助交際を求める書き込みをしている。それだけでも、不正誘引《ゆういん》の刑事責任を問われることを、書いている本人はおそらく知らない。

〝3年8組女子〟を名乗る人物は、部内でマユミという通称がつけられた。

マユミは、プリペイド型携帯電話を使用している。しかも、しょっちゅう新しいものに代えるので、身元の特定ができない。ただ、メールの発信源は練馬《ねりま》区《く》内に限られていた。行動範囲から見て、学生の線が濃いように思われた。ひと月あまりの捜査の末、得られた情報は、待ち合わせ場所が大手チェーン店のバハールコーヒー池袋東口店に限定されていることのみ。その一点に結城班の三組、十二名が連日、店にへばりついたものの、これまで有力な手がかりは皆無《かいむ》だった。

そこに今回の事件だ。〝3年8組女子〟を名乗る女とコンタクトをとった人間が現れた。しかも、その人間はまったく不可解な〝事故〟で命を失っている。この場に居合わせた女はもしかすると、〝3年8組女子〟を名乗る被疑者であるかもしれない。では、もう片方の男はどこの何者なのか。

矢吹から見せられた大村達也の携帯には、〝3年8組女子〟を名乗るメールは一つしかなかった。そのメールアドレスは、これまでマユミが使ったものと同じだ。

気になるのは、そのメールが着信して三分後、電話がかかってきていたことだ。非通知なので相手方の番号はわからない。しかし、マユミがかけてきたとしたらどうだろう。池袋ではなく、あの川の近くで会おうと。

もし、そうだとすれば、マユミの目的は援助交際とは思えない。別の用件があったことになる。これは単純な援助交際とはわけがちがうのかもしれない。


川面に横たわったままの男の死体を見て、結城は胃のあたりがちくちく痛み出した。ほんの二カ月前まで、制服を着てパトカーの後部座席の指定席にふんぞり返り、地域巡回をするのが日課だった。それがたった一枚の紙切れで、よりによって、自分の子供と同じ年恰好の少女を追う羽目《はめ》になるとは夢にも思わなかった。

問題はこれからだ。どう捜査を展開していけばよいのか。正直なところ、五里霧中《ごりむちゅう》だ。

結城は大村がフェンスを飛び越え、身体ごと突堤部分に打ちつけられて川に転落する様を想像した。ショックで意識を失い、そのまま落命したのだろうか。結城は大村の死因について、矢吹に問いかけた。

「左側頭部がぱっくり割れてるが、致命傷かどうかはわからない」と矢吹は言葉を濁《にご》した。「溺死《できし》の線も強いし。これから、石神井署で正式な検視《けんし》をしてみないことには」

　奥歯に物がはさまったような物言いだ。

「死体を上げる前に、河原に降りて現場を見ておきたいんですが」

「勘弁《かんべん》してくれませんか。現場検証は明日にしますから」

　素人《しろうと》に荒らされてはかなわないといった感じだ。

「上げるなら、手伝いますよ」

「いや、けっこう。うちでやりますから」

　だまって、見物でもしていろと言いたげに、矢吹は離れていった。

　石神井署の署員に指図《さしず》する一課の人間たちを、結城らは見守るしかなかった。

　ちらばった鑑識員たちの焚《た》くフラッシュが、あちこちで光った。

　てきぱきと人を動かす剣持をまねて、結城も大村達也の両親が住んでいる家に、部下のひと組を走らせた。お互い、いまの時点でできることはせいぜい、その程度かもしれない。しかし、自分たちのテリトリーは守り抜く。たかが生安などと見くびられてはならない。ぬけがけしてでも、一課より先にマユミをつかまえる。いまはそれだけだ。

　結城は百八十センチの背丈に肉厚な身体の持ち主だ。背中の首の下あたりに、五センチほど毛が密生しているところがあるせいで、シマウマなどと仲間内で呼ばれることもある。警視庁に入って十八年、地域課と交通課だけを渡り歩いた。警察学校を出た直後の卒業配置は、四谷署《よつやしょ》の信濃町《しなのまち》交番だった。

交通違反であれなんであれ、結城は容赦《ようしゃ》なく検挙した。それが上司の目にとまり、花園《はなぞの》交番に回された。受け持ち区域に新宿ゴールデン街を抱える、犯罪がもっとも多い管内の交番だ。

結城はますますやる気が出た。管内をくまなく回り、これはと思う相手に職質《しょくしつ》をかけて交番に引っ張ってきた。訊問《じんもん》して窃盗《せっとう》なりを自供すると、緊急逮捕するのだ。それだけではない。売春する女のヒモの顔を片っ端《かたっぱし》から覚えた。公務執行妨害でその男たちの逮捕令状を請求して逮捕した。請求の際、本署の刑事課長に署名をもらいに行くと、驚かれた。一介の外勤巡査が令状請求書など、書いた例はなかったためだ。

仕事が面白くなり、週休もとらなかった。シャブ中、痴漢《ちかん》、自転車泥、公然わいせつ……ありとあらゆる人間を現行犯逮捕して、本署に上げていった。ゆくゆくは刑事に。そう心に決めていた。

ある日、見かけぬベンツが堂々と靖国《やすくに》通りに違法駐車していた。陰から様子を窺《うかが》っていると、白い背広姿の押し出しの強そうな六十がらみの男が運転席に乗り込んだ。結城はすかさず職務質問をした。

男は、暴力団の若頭だった。脅《おど》しめいたせりふを吐《は》かれたが、結城は意に介さなかった。

「ちょっと、調べさせてもらうよ」

と言いながら、手を伸ばしてダッシュボードを開けると、奥に、長細い匕首《あいくち》を見つけた。その場で、銃刀法違反の現行犯で逮捕し、本署に連行した。

刑事課に連れて行き、暴力団担当の西尾《にしお》という刑事に身柄《みがら》を渡すと、意外な言葉が返ってきた。

「ヤッパくらい、許してやれよ」

西尾は連行した若頭とは知り合いのようだった。

「もう捕まえたんです。釈放などできません」

「聞いたような口ぬかすな。いきがって、引っ張ってくりゃいいってもんじゃないだろうが」

「あんた、何言ってるんだ？」

結城は口調を強めた。

「けつ拭《ふ》くのは、こっちなんだぞ。小者ばっかりあげられちゃ、仕事にならねえって言ってるんだ」

「なんだとう、ふざけるな」

つかみ合いの大げんかになり、結局、若頭は釈放された。

結城が交通課に回されたのはその翌週のことだった。西尾が裏で動いたに決まっていた。本来なら、かばうはずの地域課長は見て見ぬふりをした。結城の腹に据えかねたのは、内勤の刑事課の刑事たちだった。西尾に限らず、三日とおかず、ホシを挙げてくる結城を快《こころよ》く思っている人間はいなかった。

——刑事とはこんな連中なのか。

交通違反の切符を切りながら、忸怩《じくじ》たる思いを抱く毎日に変わった。

それ以来、一度も刑事講習の声がかからなくなった。翌年、青梅署《おうめしよ》に異動しても、噂《うわさ》はついて回った。それを真《ま》に受けた署長は、結城に交通課勤務を命じた。そのあとも所轄署を渡り歩いた。本庁からは一度も声がかからず、所轄の交通課と地域課だけを行き来した。気持ちはすさんだ。引き上げてくれる上司にも巡《めぐ》り会えなかった。それでも、腐るなと自分に言い聞かせた。与えられた持ち場で仕事に打ち込んだ。

三十八歳を迎えた年、滝野川署《たきのがわしよ》に移った。そこで、永田《ながた》という地域課上がりの地味な署長と出会った。ゴールデンウィーク明けの日、ふらりと交番に現れて、警部昇任試験を受けてみないか、と言われた。

筆記試験はむろん、地域課あげてバックアップするという。

その言葉は嘘《うそ》ではなかった。九月に行われた昇任試験はめでたく一発合格した。昇任配置で小松川署《こまつがわしよ》の地域課、課長代理に駒を進めることができた。二年前のことだ。

課長代理は管理職一歩手前の役職であり、当然、交番勤務は減り、本署の内勤が多くなった。十名ほどの部下を叱咤《しった》しながら、外回りはもっぱらパトカーで管轄区内の巡視をするのみ。後部座席で見慣れた景色をながめながら、ふと若い頃を思い出すことが多くなった。

一件でも多く、悪事を暴くのが警官の使命と感じて、警視庁に入ったのではなかったか。華《はな》のある刑事として第一線で働くのが夢ではなかったか。

パトカーに乗車するたび、その思いはふくらんだ。満たされなかった。

――本物の捜査の醍醐《だいご》味を味わってみたい。

防犯協会のパーティで、懇意《こんい》にしていた副署長の大久保《おおくぼ》にその希望を洩《も》らした。捜査一課、二課、あるいは組織犯罪対策課、公安……。どこでもいい。本庁の係長として、現場を取りしきる。そんな夢を抱いて迎《むか》えた二月。渡された辞令書には、生活安全部、生活安全特別捜査隊班長を命ず、とあった。

正直、落胆した。五年前の組織改革で、それまで生安部にあった銃器対策課と薬物対策課は、そっくり組織犯罪対策部にもっていかれた。鉄砲とシャブをはずされ、残されたのは風俗と少年事件のみ。なかでも、生活安全特捜隊は、ダフ屋と風俗関係の取り締まりしか能がない。そう揶揄《やゆ》される部隊だ。しかし、と結城は思い直した。晴れて私服を着た捜査ができるのだ。なんとしてでも、実績を残してみせると。

検視に立ち会ったのち、東京ドームにほど近い富坂《とみさか》庁舎にある隊本部に結城がもどったのは、深夜、午前二時を回っていた。居残っていた副隊長の内海康男《うつみやすお》が、面白くなさそうな顔つきで待ちかまえていた。内海はこの四月、結城の異動と時を同じくして、本庁の生活安全総務課から着任した。階級は警視だ。警務部門の長い〝事務屋〟で、八年ぶりの現場、しかも機動隊と同列扱いの執行部隊への異動を快く思っていない。御身《おんみ》大事、事なかれ主義を絵に描いたような上司だ。

内海は、細身の身体を弛緩《しかん》させ、ぞんざいに足を投げ出した恰好で、「やっぱり、マユミがらみか？」

と訊いてきた。

「まちがいありません」

「検視はどうだった？」

「左側頭部に深い裂傷があります。大村はなんらかの理由で川に転落し、その際にできた傷だろうということです。しかし、直接の死因は溺死だろうということでした。最終的には明日の司法解剖の結果を待つということです」

「自分で落ちたのか？」

「いまのところ、わかりません」

「居合わせたふたりは、どうなんだ？」

「それも今後の捜査待ちです」

「……当面、捜査一課と合同捜査になりそうだ。覚悟しておけよ」

「わかりました」

人がひとり死んでいる以上、無理はない。一課は力ずくで勝負に出てくるだろう。そう思いながら、席を離れかかると、

「おい、結城、最後まできちんと聞け」

と、呼びとめられた。

「なんでしょうか」

「マユミの件だ。手持ちの資料、ぜんぶ、一課に渡せ」

「はっ？」

「聞こえねえか。いっさいがっさい、差し上げろと言ってるんだ」

すべてを上げる？　一課のぼんくらどもに？

しかし、命令にはさからえない。

「……わかりました」

低い声で言うと、その場を辞《じ》した。

結城は捜査用車を丁寧《ていねい》に水洗いしてから、風呂場に入った。

湯は落ちていたのでシャワーを使い、清潔なタオルで身体をふいた。

宿直室に用意してある寝間着《ねまき》に着替え、身につけていたワイシャツを丁寧にたたんで、バッグの中にしまった。ズボンの折り目をつけるため、ふとんの下に注意深くはさんで、横になる。

眠れないまま、結城はビニール袋におさめたカードをとり出してながめた。

大村の乗ってきた車は、父親の私物で占められていた。しかし、運転席の椅子《いす》の下に落ちていたテレクラのプリペイドカードを結城は見逃さなかった。生特隊に来て、何度か見かけることになった代物だ。大村の父親が使っていた物とは考えにくく、一課の連中に見つからないよう、こっそりと持ち帰ったものだ。こいつだけは、決して渡さない。そう心に決めた。

3

二日後。

午後二時。結城は石井とふたりで練馬駅にきていた。南口に通じる中央通りは、サラリーマンや買い物客でにぎわっていた。盛り場だ。飲食店が多い。

大村の死因は、司法解剖の結果、溺死であることが判明した。石神井署には署長指揮の捜査本部が立ち上がったが、生特隊にはお呼びがかからなかった。

亡くなった大村達也は、練馬区南大泉《みなみおおいずみ》七丁目にあるアパートでひとり暮らしをしていた。池袋にある専門学校に通っていて、観光科に籍をおいている。乗っていた車は父親の所有で、両親とも大泉学園《がくえん》町九丁目に住んでいる。

その大村の携帯にマユミからのメールの着信があったのは、二日前の夕方、午後七時五分。大村がマユミと会おうとしていたことに、疑う余地はなかった。しかし、その時間帯、バハールコーヒー池袋東口店に張り込んでいた生特隊の捜査員は、マユミらしき人物を見ていない。

大村達也の両親によれば、その日の午後四時すぎ、達也はふらりと実家を訪れ、父親の車を貸してほしいといって、乗っていったという。しかし、大村は池袋には向かわず、まったく別の場所に現れて、一命を落としている。

大村が会っていたふたりはどこの何者か。かりに女がマユミとするなら、そこにいた男はだれなのか。喧嘩《けんか》めいたものを仕掛けたのは、どちら側なのだろう。いずれにしても、大村は、ふたりに会ってすぐ川に落ちている。三人のあいだで、いったい何が起きたのだろうか。

歩きながら結城は腰のあたりが妙に寒々しかった。ほんの二カ月前まではぴっちりした制服を身にまとい、フル装備の帯革を腰に帯びて街のパトロールにくり出していたのだ。

希望してなったものの、私服の背広は紙を着ているようで頼りない。

一方の石井は十年一日《いちじつ》のごとく、グレーの背広にラバー底の革靴。地味で辛抱強いが若手とは噛《か》みあわない。長いこと、少年事件を専門にしてきた。国分寺《こくぶんじ》にある市民農園で、畑仕事をするのが唯一《ゆいいつ》の趣味らしい。仕事上のミスで、人ひとりを死に追いやったという噂があるが、実際はどうだったのか、結城は訊いたことがない。思考回路は複雑で、突飛なことは苦手だ。着任早々、結城もぶ厚い生活安全六法を渡されて、四苦八苦した。それでも、隊の中では唯一、相談をもちかけられる相手だ。

今日のところは、だまって、この十五歳年上の部下についていくしかない。

「石神井署の本部から、何か聞いてますか?」石井に訊かれた。

「現場近くに、不審なパジェロが停《と》まっていたということくらいかな」

「不審というのは?」

「新車なのに、バンパーのあちこちが傷ついていたとか」

「それだけ?」

「堤防に、男の靴で這《は》い上がったような跡がついていたらしいけどね」

「その靴の主が、マユミともうひとりいた男かな……」

「もし、そうだとしたら、その男は川に降りて何をしていたとみるんです? 石井主任は?」

「その石井主任というの、やめてもらえないですか？　首の後ろのあたりがむずむずしちゃって」

「じゃ……イッさん？」石井が何も言わないので、先を続けた。「そいつが、大村にとどめを刺したっていうふうには考えられませんか？」

「川底に顔を押しつけて、溺《おぼ》れさせたっていうこと？」

「ええ」

「そこまでやる理由は？」

「恨《うら》み。もしくは、女の取り合い」

「女の見ている前で？　どうでしょうかね……班長、あれです」

石井の太い指がさした雑居ビルには、黄色い、ど派手な看板がかかっていた。黒塗りの文字で、
ハニークラブ
二時間1500円
と書かれている。

全国チェーンのテレクラだ。店舗《てんぽ》は狭《せま》い階段を昇った二階にある。

事故死した大村が出入りしていたとしたら、なにがしかの手がかりが得られるかもしれない。ハニークラブは都内に多くの店舗が散らばっている。練馬区内には四店舗あり、そ

のうちの一軒だ。

結城は石井とともに階段を上がった。

二階にある店のドアを開ける。若い店番の男がふり向いた。

石井の顔を見ると、とたんにへりくだった態度を見せた。顔見知りのようだ。

「勘弁願いますよ、石井さん。まだ、日も落ちてないのに」

「どうだ、景気は？」

「ブクロあたりならまだしも、このあたりまで下っちゃ、さっぱりですよ。店にきたって、あとは客同士、勝手にコールバックする連中ばっかかですから」

「そうでもねえだろ、カードも売れてるらしいじゃないか」

「まるっきり、しけてますよ」

「最近、サクラ使って、けっこう、はやってると聞いたがどうだ？」

「からかわないでくださいよ。うちはサクラ厳禁って、上のほうがうるさいんですから」

結城はふたりのやりとりを聞いていた。

テレクラでは客よせに、女の子をやとって、電話をかけさせることがある。もちろん、不法行為だ。

「ところでなあ、田辺《たなべ》……〝3年8組女子〟と名乗る女がいるらしいが、ここはどうだ？」

「なんです、それ？」

「客のあいだで噂になっているだろ？　聞いたことないか？」

「さあ」

石井がさし出した大村達也の写真を、田辺はしげしげとながめた。

「こいつ、あちこち、顔出してるらしいが、見たことあるだろ？」

「ああ、きたきた」田辺はつぶやいた。「先月から何度か。先週の土曜日も昼間、ちょうどいま時分に」

石井がしめたという顔で結城に一瞥《いちべつ》をくれた。

「どれくらい、いた？」石井が言った。

「三十分くらいかな」

「やけに短いな。電話はどれくらいとった？」

「そこまでは覚えてませんよ」

「田辺、いいのか、そんなに記憶があいまいで」

石井が脅《おど》しをかけると、田辺は店の奥から台帳をかかえてもどってきた。

「えっと、三回です。ちぇっ、ぜんぶ、フロントバックしてやがる」

石井が結城をふり向いた。「かかってきた女と電話で話すでしょ。でも、話が合わないと電話をフロントにもどすんです」ふたたび、石井は田辺を見すえた。「それだけか？」

れねえって」

「……帰り際《ぎわ》、こいつ、すごんできやがった。てめえのせいで、地雷、踏んづけたかもし

地雷は結城にもわかった。一夜限りのつもりで付き合ったものの、そのあともしつこく

つきまとってくる女のことだ。

「見せてみろ」

石井は台帳を奪いとり、大村の番号が記載されている箇所に見入った。

外からかけてくる女の電話番号が記されている。三つあった。

石井は田辺のシャツの襟元《えりもと》をつかんで、引きよせた。

「どうなんだ、この三つは？　モノホンか？」

石井は田辺の鼻先まで顔を近づけた。

「か……かんべんしてくださいよ、サクラです、三人とも」

「ばっか野郎」

石井が手を離すと、田辺はバランスをくずして、椅子《いす》にへたり込んだ。

「この前の分を見せろ」石井が言った。

「これでぜんぶですよ。そんな昔の分、とってあるわけないじゃないですか」

これ以前の記録は、台帳として残していないようだ。

「話にならん。いいか、田辺、今度、たっぷり可愛《かわい》がってやる。首洗って待ってろ。さ

あ、班長行きましょうや」

石井は結城の腕をとり、店から出るようにうながした。

そのとき、うしろから声がかかった。「ちょ……ちょっと、石井さん、お願いしますよ、俺、子供できるんですから」

「だからなんだ？　忙しいんだから、帰るぞ」

「〝3年8組女子〟ですよ」

結城は足をとめて、田辺の顔をふりかえった。「出たのか？」

「どうしたんだ？　黙ってちゃわからんじゃないか」

石井がすごむ。

「ついこの前、うちのHP《ホームページ》のスレッドにレポ、出てました。たいしたことじゃないですけど」

「いいから、言ってみろ」

「ノアの裏のほうでウロウロしてれば見つかるとかなんとか」

「ノア？」結城が言った。「池袋のノア会館か？」

田辺はうなずいた。

池袋駅西口は、昼間から売春婦が出没することで知られる。生安部が盛り場環境浄化対策で、もっとも力を入れている地区だ。ノア会館はその池袋駅西口にあるゲームセンターやボーリング場の入った複合施設だ。ロマンス通りにあり、駅から歩いて五分の距離にある。

「それだけじゃないだろ。出し惜しみしないで、言え。場合によっちゃ、見逃してやる」

「で……ですから、そこで車、当てて、美人局《つつもたせ》してるらしくて」

「当たり屋か?」

「らしいです」

「見せてみろ」

「書き込みですか? やばそうだから、もう、削除しちゃいましたよ」

「それだけか、まったく。さあ、行きましょ、班長」

促されて結城も出るしかなかった。

階段を下りながら、幸先のいいことだと結城は思った。本来なら、石神井署に立ち上がった捜査本部の一員として、捜査にたずさわっているのが筋なのだ。なのにマユミの情報を上げただけで任務は終わりとばかり、捜査から外された。捜査一課も一課だが、それでよしとしている生特隊の上層部も上層部だ。

車をおいてある練馬署に向かう足は自然と速くなった。

「班長」石井に呼びかけられた。「どこ行くんですか?」

「車だろ」

「池袋ですよ、電車で行きましょうよ。車より早い」

言われて頭に上っていた血がさめた。

そんなことに気づかないとは、まったくどうかしている。

4

池袋駅西口の商店街は、さながら中国人街だ。赤く塗りたくられた看板ばかりが目につく。通りを用心深そうに警らのパトカーが流している。呼びとめて中に入れてもらい、付近の様子を教えてもらおうかと思ったが、素通りしていく石井のあとについていくしかなかった。

夕刻前のロマンス通りは人で混み合っていた。ノア会館のまわりで、手分けして聞き込みをしてみたものの、それらしい情報は得ることができなかった。合流して東へ移動した。西一番街と交差する路地裏に入り、通りに面して寿司《すし》折りを売るチェーン店で聞き込みをする。

「それって、普通の当たり屋じゃないですよね？」四十代の店員が、カウンター越しに言った。

「なんでも女がからんでいるらしいんですけどね」石井が答える。

「最近、このあたりでちょくちょく出るみたいですよ。若い女の子が車に乗るでしょ。そうすると、後ろから別の車がきて、こつんと軽く当てるわけ。で、お互い、車から降りるでしょ。ぶつけたほうの男が車をのぞいて、『あれ、援交』とかって言うんです。相手は負い目があるから、金を出すんだろうなあ」

結城は石井と顔を見あわせて、口を開いた。「ご主人、見たの？」

「一度ね、このすぐ目の前でやったからさ」

「いつ？」

「二週間くらい前だったかなあ」

「ぶつけたほうの車種は覚えてます？」

「うーん、頑丈《がんじょう》そうな……パジェロだったかな」

得られるだけの情報を聞き出して、店の前を離れた。

「さてと、どうしましょうか？」

石井が訳知り顔で訊いてくる。

結城は通りを眺めながら、「もう、二、三軒、聞き込みするしかないな」と答えた。

中学の英語の授業で小テストを受けているような気分だ。

「まあ、それもいいですけどね、ほら」

石井の視線は、はす向かいにあるモツ煮込み屋の軒先《のきさき》を向いていた。赤い看板に中国語で書かれたメニューが張り出されている。その下に防犯カメラらしきものが取り付けられているのだ。

もしかしたら、そのときのことを、このカメラがとらえているかもしれない。しかし、相手は中国人のはずだ。おいそれと警察に協力するだろうか。

「どれ、行きましょうや」石井が先陣を切って歩き出す。「うまく残っていれば万々歳《ばんばんざい》ってとこですね」

「だな、ところで、主任、いや、イッさん……これって新手《あらて》の援交狩りじゃないだろうか？」

勘弁してくれと言わんばかりに、石井は首をすくめた。そんなことは、とうの昔にわかりきっている、とでも言いたげに。

店長の中国人は警察の立ち入り検査と勘違いして、緊張していた。かろうじて日本語を操《あやつ》る細君に、結城は、営業許可の関係で調べに来たのではないと懇切《こんせつ》丁寧に説き伏せた。すると、ようやく警戒を解いて防犯カメラで撮った映像を見せてくれた。予想していたとおり、防犯カメラは、通りを常時撮影していた。路地を斜め上から見下ろす構図で、ずらりと路上駐車している車が映っている。車種はむろんのこと、ナンバーも読みとれる。

十分ほど、早送りしていると、石井が「おっ」と声をあげた。

巻きもどして、そこだけ通常のスピードで見る。

白いセダンがやってきて、路肩によせて停まった。ほぼ同時に、駅方向からゆっくりと女が歩いてやってきた。

結城は身を乗り出した。ぴっちりしたシースルーのワンピースに黒っぽいハイヒール。大きめのサングラスに見覚えがあった。トンボ型だ。

——マユミ？

顔全体から受ける印象はマユミのように思われた。

結城は石井と顔を見あわせた。石井も同じ印象を持ったらしい。

この女がマユミなら、動いているのは初めて見る。

女が助手席に乗り込むと、セダンは勢いよく走り出した。そのとき、路肩に停めていたパジェロが、セダンの行く手をふさぐように発進した。

セダンはかわすことができず、パジェロの後部に接触した。

パジェロは、その場で停止した。運転席のドアが開いて、体格のいい男が降り立った。長い髪を茶色に染め、白い上着を着ている。男は追突してきたセダンの運転席脇に立って、中をのぞき込んでいる。しばらくすると、ドアを開けて中から荒っぽく運転手を引きずり出した。Tシャツを着た細身の男だ。学生っぽい。パジェロの男が口を動かして、啖呵を切った。威嚇《いかく》するように手を振りあげると、学生風の男の頭を叩《はた》いた。

学生風の男はたまらないと言わんばかりに、財布の中から紙幣を取り出してパジェロの男に差し出す。

そのあいだに、セダンの中にいた女が車から降りて、パジェロの助手席に乗り込んだ。マユミらしき女だ。

金を受けとった男がパジェロにもどると、その場から車を出した。

二台の車が追突して、二分足らずのあいだのできごとだった。

セダンの男はしばらく、その場にとどまっていたが、やがて車に乗り込むとその場を離れていった。

援交を装《よそお》った美人局と見て、いいだろう。

マユミと思われる女は、セダンに乗った男と、この場所で待ち合わせした。落ち合ったのち、セダンに乗り込む。発進したとき、前にいたパジェロが進路をふさぐように動いて、接触した。

パジェロを運転する当たり屋の男は、セダンの車をのぞき込み、中に〝知り合い〟が乗っているのを見つけた。〝当てた上に、おれの女と寝る気か?〟となじり、当の男から金を巻き上げるという手荒な筋書きだ。

記録されているDVDを借り受け、結城と石井は帰途についた。

「パジェロでしたね」

石井が言ったので、結城も、

「ああ、パジェロだった」

と返した。

「石神井川の現場近くに停めてあったパジェロだとしたら……」

「バンパーが傷ついた理由がわかったじゃないですか」

「たぶんね」

同じ車が石神井川の現場に来ていたとしたら、ただ事ではすまされない。


本部にもどると、副隊長の内海に呼ばれた。DVDに写っている車のナンバー照会を石井に頼み、結城は副隊長室に入った。

「いままで、なにをしてたんだ?」内海に訊かれた。

「ちょっと、調べものがありまして」

「マユミの件か?」

答えないでいると、

「まあいい、座れ」

言われたとおり、パイプ椅子に腰を下ろした。

「現場から逃げていった男女の件、なにかわかりましたか?」

石神井署にできた捜査本部は、開設当初から生特隊抜きの態勢が組まれていた。一課による捜査関係の情報は伝わってこない。本部とのやりとりは、すべて内海を通じて行われているのだ。

――殺人事件の捜査は一課に任せろ。畑違いの生特隊がいちいちしゃしゃり出てくるな、ということらしい。

「なにも聞いてない。どこへ行ってたんだ?」

結城は言葉をにごし、もう一度、捜査本部の状況を問いただした。

「丸二日、聞き込みをしても、針一本、出てこないと言ってる。目撃者がほかにいるとも思えないしな」

現場は住宅街でしかも夜。散歩する人間もいなかった。マユミともうひとりの男は、あえてそういう場所を選んだのではないか。そして、川に落ちた大村が死ぬのを見届けて、あの場から行方をくらました。きっと、裏があるにちがいない。

亡くなった大村について、一課は別の切り口から、捜査を進めているだろう。万一、何らかの事件がからんでいれば、そこから捜査の糸口がつかめる。そうなれば、生特隊にはなにも知らせてこない。しかし、結城としてはそれで済ませるわけにはいかない。

マユミがからんでいるからだ。

目の前にいる男も、そのあたりが気になっているらしく、疑い深そうな目で結城を見ている。しかし、パジェロのことはおくびにも出せない。内海のことだ。捜査一課に恩を売っておくぐらいのことは平気でする。

この男に洩らしたら最後、石神井署の捜査本部に筒抜けになるだろう。

「副隊長、今回のヤマ、うちは、どちらでいきますか?」結城はあえて、訊いてみた。

「傷害致死? それとも、事故死……」

「傷害致死?」内海は予想もしていなかったらしく、とまどった様子でつづける。「うちは生安だぞ。出しゃばるな」

煮《に》え切らない内海を見ていて、結城は苛立《いらだ》ちを感じた。

こうしているあいだも、一課はあちらこちら動き回っているだろう。合同捜査などといっても、お互い勝手に好きなことをするだけだ。得られた情報を交換し合うつもりなど、持ちあわせていない。ことに捜査一課は。

ドアが開いて石井が顔を出した。結城は副隊長室から出た。

「持ち主、わかりましたけどね」

歩きながら、石井は言った。

「パジェロ?」

「いや、両方」

「もうわかったのか?」

席につくと、石井は結城の顔を見すえた。

「照会したら、すぐ出ました。パジェロの持ち主は音川誠《おとかわまこと》、二十四歳。覚醒剤《かくせいざい》所持と傷害で前科二犯。二十のとき、サンシャインビルで吉田組《よしだぐみ》のチンピラと派手な喧嘩をして、相手に全治一カ月の大ケガをさせて池袋署に挙げられています」

「ヤクザか？」

「それに近いですね。池袋駅周辺の若いごろつきを、親分気取りで束《たば》ねているらしいんですがね」

そんな人間がマユミと、どこで知り合ったというのか。

「こいつ、中学のとき、人を殺してるんですよ」

「殺し？」

「当時、川崎《かわさき》に住んでいましてね。離婚した母親が愛人を引っ張り込んで、そいつを半殺しにしたのがはじまりですね。そのあとは、放火やシンナー、あげくに地元の高校生とタイマン張って、相手をナイフで刺し殺してます」

「極道者か……」

「この音川っていう野郎、西池袋のマンションに住んでますけど、どうしますか？」

結城は間髪《かんはつ》を容《い》れず立ち上がった。

「あれ、班長、どうしました？」

「音川を引っぱるしかないじゃないか」

「そりゃ、わかってますけどね、班長、これ見てからでも遅くはないでしょ」

結城は石井から渡された音川の照会内容が打ち出されたプリントを見た。

押しの強さが買われて、池袋駅西口を中心に企業舎弟のフロント事務所を三つ、任《まか》されている。表向きはデートクラブの経営者というふれこみだが、裏では暴力団とつながりを持っているとなっている。

どちらにしても、この音川からマユミの件を聞き出すことはできるだろう。防犯カメラに写っていたのは、本物のマユミにまちがいないと思われた。

結城は壁時計を見た。午後七時十二分。

「パジェロにぶつけられたセダンのほうはどうしますか？　山内晴久《やまうちはるひさ》っていう二十二歳の男で、目白《めじろ》に住んでいます」石井が言った。

「土田の組に事情聴取させよう。マユミのことを知った経緯を調べさせる。ついでに、被害届《タレ》もとってこさせる」

「了解。音川は？」

「そっちは森下の組に聞き込みをさせる。イッさんの組は……」

「音川のマンションの張り込み？」

結城がうなずくと、石井は目を輝かせた。

「そうくると思って、小西《こにし》を先に送ってありますよ」

「さすがだ、イッさん」

　そのマンションは要町《かなめちょう》交差点の東側に建っていた。五階建ての古いマンションだ。入り口を見通せる雑居ビルの前に、スモークフィルムの張られたワゴン車が停まっていた。結城と石井が後部座席に乗り込むと運転席にいる男がふりかえった。エラの張った顔立ちに切れ長の目。ナチュラルショートのヘアーが似合っていない。小西康明《やすあき》巡査長、生特隊二年目の三十一歳。東京の山の手の生まれで、ひとりっ子。機転は利《き》くが、独身で女好きという弱点を抱えている。

　石井が様子を訊くと、小西は望遠レンズのついたデジカメを差し出した。

「ばっちりですよ。十五分前、この前を通ってマンションに入っていきました」

　小西がデジカメにそのときに撮った写真を表示させた。

　若い女が茶髪の男とふたりでマンションに入っていくところだ。結城は女の顔を食い入るように見つめた。サングラスはしていない。頰《ほお》から顎《あご》にかけての線。……マユミだ。男にも見覚えがある。音川にまちがいない。

「部屋はわかったか？」

「ええ、連中が入ってから、すぐ電気が点《つ》いた部屋がありました。ひとっぱしり行って確認してきました。四〇二号室です。あの角からふたつ目の部屋ですね」

結城は小西の言った部屋をうかがった。明かりは点いているが、ほかに変わった様子はないようだ。

「おまえにしちゃ、上出来だな」石井がからかうように言うが、小西はそれを無視して、結城をふりかえり、

「やっぱ、石神井川の殺しのホシですか?」

と興味深げに訊いてきた。

「まだ、決まったわけじゃなかろうが」石井が言った。

「まあまあ、イッさん……」

あいだに入ろうとしたとき、窓ガラスをこつこつと叩《たた》く音がした。横を見ると、箱形の顔がこちらをのぞき込んでいた。

どうして、こんなところにいるのか。

結城は狐《きつね》につままれたような感じで、ドアをスライドさせた。

男はあきれたような顔で、首をかがめて車内をのぞき込んだ。

「おたくら、ここでなにやってんの?」捜査一課の剣持は、理解に苦しむといった感じで言った。

「そっちこそ、なんですか?」結城は訊きかえした。

「そっちもへちまもねえだろうよ。音川か？」

結城はだまってうなずいた。

「あんたら、だれの許可をもらって勝手なことしてるの？　だいたい、こんな目立つ場所にごつい車出して、張り込みでもしているつもり？」

「そっちには関係ないだろ」つい、結城は声を荒らげた。

「関係あるとかねえとかじゃねえ。音川に勘づかれて飛ばれた日にゃあ、おたくら、どう責任持つのよ？　さっさと、動かして、ほらほら」

蠅《はえ》でも追い払うように、剣持は車から離れて、手をふり出した。

結城はようやく合点した。石神井川の犯行現場付近には、パジェロが停まっていた。そこから調べ上げて、音川にたどりついたのだ。

「行けってのがわかんねえか」

いまにも車を蹴《け》り出しそうな剣幕に押されて、結城は車を出すようにうながした。

ゆっくりと動き出した車の中から、マンションの入り口を見やった。

このヤマはやはり、一課のものか……。口にできない悔しさをにじませながら、バックミラーをのぞき込んでいると、石井が、

「まあ、班長、ほかから当たってみましょうや」

と救いにもならない声を上げた。

「恐ろしや、鬼の一課が、追い立てる」

「ふざけるな」

さもしい句を詠んだ小西の頭を石井がこづいた。

5

翌日。

結城はハニークラブ練馬店の前で石井が出てくるのを待っていた。先日、聞き込みに出向いた店だ。美人局に引っかかった山内晴久によれば、〝3年8組女子〟を名乗る女と知り合ったのは、同じハニークラブの江古田《えごた》店でのことだった。山内は大村が使った店と同じ系列のテレクラ店を訪れている。しかも、同じ練馬区内にある店だ。ハニークラブが鍵《かぎ》になると思われた。いや、自分たちが捜査できるのはそこしかない。

ゆっくりと階段を下りて出てきた石井は、

「次、行きましょうか……」

と頭をかきながら、つぶやいた。

同じ系列店を叩けば、なにか出てくるかもしれないと思って、再度の聞き込みにやってきた。しかし、石井の様子を見ていると、めぼしい情報はないようだ。やはり、山内が訪れた江古田店を洗ってみるしかないだろう。

「田辺のやつ、妙なこと言ってたな」思い出したように石井が言った。「ほら、サクラいるでしょ？」

「客よせに雇う女の子？」

「店が営業成績を上げるために、個別に雇うんですけどね。本部のほうでもまとめて雇い上げることもあるようなんですよ。で、サクラのひとりが田辺の店に、何度か、その中学を卒業した客が来るかどうかを訊いてきたらしいんですよ」

「中学って、どこの？」

「たしか、武蔵丘学園大学《むさしがおかがくえんだいがく》附属中とか言ってました」

「……もしかしたら、そいつがマユミ？」

「そうと決められませんけどね。班長、殺された大村達也が卒業した中学のこと覚えてますか？」

結城は大村達也の経歴を思い出した。そのサクラが言った武蔵丘学園大学附属中学校を卒業していたはずだ。しかも、その中学校は練馬区の大泉にある。

「行ってみますか、これから」石井が言った。「この時間なら、まだ、学校は開いているでしょう」

「ふむ。行ってみようか」

タクシーで乗りつけた武蔵丘学園大学附属中学の校舎は、煌々《こうこう》と明かりがともってい
た。職員室で用向きを話すと、教頭室に案内された。
四十代前半くらいの若い教頭だった。岡野《おかの》といった。帰宅間際だったらしく、岡野は、
せかせかした感じで、書棚にある卒業生名簿を引き抜いて見せてくれた。
四年前の卒業生の中に、大村達也の名前を見つけた。クラスは三年二組だ。テーブルの
上で名簿を回し、岡野の眼前で大村達也の名前を指さした。
岡野は顔をはりつけるように見つめてから、上体を起こした。唇《くちびる》がへの字にゆがんで
いる。殺されたのをニュースで知ったからだろう。
「お帰りのところを引き留めて申し訳ありませんね、先生」石井が切り出した。「この大
村達也の件はご存じですよね?」
「はあ……残念なことになってしまいまして」
様子からして、警察の聞き込みを受けるのははじめてのようだった。一課はまだ来てい
ない。
「いま、彼の周辺を調べているんですけどね。さしつかえない範囲でけっこうですので、
なにか彼に関係することなどありましたら、お聞かせ願えると助かるんですが」
岡野は眉根を寄せ、じっとしたまま動かなくなった。

なにか、知っていると思われた。

「なんでもけっこうです。彼の友人とかガールフレンドとか、覚えていらっしゃることがありましたらお話しいただけませんか？」

梃子《てこ》でも口を開きそうにない相手に、不審の念を抱いた。

結城は名簿をめくった。同級生で、マユミという名前は見当たらない。

「教頭先生」石井が言った。「もしかして、この年次の子供らは荒れていたりしませんでした？」

岡野は観念したように、こっくりとうなずいた。図星のようだ。

「あの……片桐良彦《かたぎりよしひこ》のことでしょうか？」

結城は石井と顔を見あわせた。片桐？　何者だ？

「えっ、いまなんと仰《おつしや》いました」石井がすかさず、つめよった。「片桐がどうかしましたか？」

「はあ、当時、うちは荒れておりました。とくに、この三年生の連中ときたら、もう手に負えなくて」

「もしかしたら、大村達也くんも、不良の仲間だったとか？」

「はい、それはもう……当時、わたしはこの学年の主任をしておりました。あのときの三年生は、とにかくひどくて。酒やタバコはもちろん、覚醒剤騒ぎまで起こす有様《ありさま》で。本当に手を焼かされました」

結城は名簿を調べた。大村と同じ年次で、三年五組の中に、片桐良彦の名前を見つけた。それを岡野の前に突き出した。

「この子ですね?」

「はい、二年生の頃から、たびたび暴行を受けるようになりまして……」消え入るように小さくなる相手の声に耳を澄ませた。「それで、三年生になった春に片桐くんは家で首をくくってしまって……」

「いじめで自殺?」石井が言った。「ひょっとして、いじめていたのは、大村達也くん?」

「はあ……それと、もうひとり」

「だれですか?」

岡野は名簿をめくり、その人物を指さした。

竹ノ内雄二《たけのうちゆうじ》。

「教頭先生、この年の卒業アルバム、見せていただけませんか?」

石井が言うと、岡野は席を離れて、棚から一冊のアルバムをとり出して、テーブルに置いた。

該当するページを開くと、こちら向きにして結城の前に差し出した。

〈三年五組〉の写真だ。全員が整列して写っている写真の斜め上に、丸いかこみで、ひとりだけ別の写真がある。そこをさしながら、「片桐くんです」と岡野は言った。

「拝見させていただきます」

結城は石井とともに、一組から順にアルバムを見ていった。

七組まで見終えるまで、時間がかかりそうだ。

途中、「あの、このお子さんは……」と石井がアルバムの名前の書かれた一覧をさして訊いた。片桐沙織《さおり》とある。

「良彦くんのお姉さんです」

「お姉さんというと……」

「良彦くんと双子です」

その名前と対《つい》になっている写真に結城は釘付けになった。石井も同じ様子だった。

「同い年といっても、良彦くんと比べると、沙織さんはとても成長が早かったんです」岡野が言った。「良彦くんはなにをするにも引っ込み思案で、小学生のときからいじめにあっていました。それを沙織さんが一所懸命かばってやっていました。登下校も遊ぶのも、なにをするにもふたりはいっしょだったんじゃないかな……」

「教頭先生、ひとつお伺いしたいのですが」結城はアルバムの頁《ページ》をめくりながら言った。

「三年八組というクラスは、この学年にはありませんよね?」

そう言われて、岡野の顔がひきつった。

「いえ……ありました」

意外な答えに、石井も身を乗り出した。

「さきほどから申し上げておりますとおり、この年の子供たちは荒れておりまして……亡くなった大村くんやこの竹ノ内くんもふくめて、当時の不良少年たちをひとまとめにして、三年八組というふうに呼ぶようになっておりました。成績も悪かったし、まとめて補講なんかもいたしましたし」

――読めた。

マユミがみずからを〝3年8組女子〟と名乗っていた理由が。

かつて、自分の弟をいじめていた連中にしかわからぬ符丁。それを使って、〝仇《かたき》〟をおびき出すということなのか……。

それからしばらく、片桐良彦の家庭の話をして学校を辞した。

結城は興奮がおさまりきらなかった。

「しかし、似てましたね」

校門を出たところで、石井が先に口を開いた。

「ああ、そっくりだった」

卒業アルバムにあった片桐沙織の写真のことだ。マユミと顔の輪郭や額《ひたい》の形、眉毛まで似通っている。

言いながら、結城は沙織の風貌《ふうぼう》を思い出していた。

世間の人間もこの自分も、少年少女という存在を軽く見ている。しかし、それはまちがいであることに気づくべきなのだ。彼らが大人よりも恐ろしい存在であることに。

「さてと、これからどうします？」

「まずは、竹ノ内雄二の居所を調べるしかないな……うん、イッさん、どうかした？」

ほっとしているような石井の顔を見て、思わず結城は言った。

「いやぁ、これからすぐ、片桐沙織をしょっぴくと言い出すんじゃないかって思いましてね」

「まさか。マユミは居所はわかっていることだし」

「でも、片桐沙織と音川はしっかり洗わないと」

「土田の組にやらせるよ。それより、竹ノ内だな」

おそらく、一課はまだ、竹ノ内雄二の存在はおろか、事件のカラクリについて、つかんでいないはずだ。

マユミこと片桐沙織は、大村に対して行ったのと同じことを竹ノ内にも試みるはずだ。

――双子の弟のための報復。

生特隊副隊長の内海には口が裂けても、今日のことは言わない。一課の連中の裏をかいてでも、ここは単独で突き進むしかない。いや、そんな悠長なことを言っている場合か。

もう、相手は人ひとり、殺している可能性がある。一課だ生特隊だなどと縄張り争いしている場合ではない。しかし……せっかく仕入れたネタではないか。一課の一歩も二歩も先に行ける。

血が騒いだ。交番勤務時代の興奮が体中にみなぎり出した。一課ごときに、みすみす手柄を横取りなどさせない。

ここは、一気呵成《いっきかせい》に攻め立てるしかない。なんとしてでも、この自分の手でホシを挙げる。

目が据わった結城を見て、石井がおそるおそる、

「ヤサをつきとめて、泳がせますか?」

と声をかけてきた。

「イッさん、そんな時間はないいんじゃないか」

犠牲者が出る前に、先手を打つ。そして、ホシをこの手で挙げる。いまはそれだけだ。

6

「だから、雄二くんはいつ出ていったんですか?」

「おとといだったと思います」

「思いますって、どういうことなの？　いっしょに暮らしているんでしょ？」

「たびたび帰ってこないこともあったし」

「どこへ行ったの、彼氏は？　勤め先にも来ていないよ」結城は声を荒らげた。

「知りません」

そう答えると、二宮奈美《にのみやなみ》は不安げに顔をそむけた。

竹ノ内雄二といっしょに暮らしている女だ。池袋にあるデパートの地下、総菜売り場に勤務している。なにかを知っている様子が見え隠れする。

ここは、西武《せいぶ》池袋線江古田駅にほど近い住宅街の一画にあるアパートだ。竹ノ内雄二は高田馬場《たかだのばば》にあるパチンコ店に勤めているが、一昨日から無断欠勤している。

「あなたをおいて、たびたび、実家に帰っていたって本当？」

「そう思いますけど」

「さっき、実家に問い合わせたけど雄二くんは来ていないよ。いったい、彼氏はどこへ行ったの？」

「わかるわけないじゃないですか」

「あなた、彼のご両親と会ったことあるの？」

「ないです」

「じゃ、あなたといっしょに住んでいることを知らないんだね？」

「まあまあ、班長」わきから石井がようやく口を開いた。「あなた、いまおいくつになるの？」

「二十二歳ですけど」

「いつごろから、彼と同棲していたんですか？」

「三カ月ほど前からです」

「親は知っているの？」

「いいえ」

「出身はどちら？」

「茨城《いばらき》の石岡《いしおか》です」

「石岡か……このアパートは竹ノ内くんが借りているの？　それとも、あなた？」

「わたしです。三年前から住んでいます」

「竹ノ内くんが転がり込んできたの？」

「はい、二月に」

「彼とはどこで知り合ったの？」

「新宿のゲーセン」

「家賃はあなたの負担？」

二宮はこっくりとうなずいた。

「勤務先に訊いてみたけど、彼氏、ここ半年間は無遅刻無欠勤だった。無断で休むような人間じゃないって支配人は言っていたけど、あなた、どう思う？」結城が言った。

「…………」

「おといも、なにも言わずにいなくなったわけ？」

「帰ってきたときはいなかったし」

「ねえ、二宮さん、竹ノ内くんの同僚が気になることを言ってましてね。今週になって、妙にそわそわしていたらしいんですよ。飲み会の誘いを断ったこともないのに、乗ってこなくなったって。仕事が終わると、一目散《いちもくさん》に家に帰っていったということなんだけどさ。どうかな、出ていったときのこと、なんでもいいんだよ。気がついたことがあったら、教えてくれないかな」

「雄二くん、なにか持ち出したものある？」ふたたび、石井が口をはさんだ。

「いいえ、なにも」

「下着とか服とかは？」

「ぜんぶ、置いていきました」

「そうか……心配だな」

　二宮は濃いアイシャドーを入れた目を石井に向けた。その目がかすかに潤《うる》んでいるように見えた。

「雄二くん……とっても、怖がっていたの……」

結城は石井と目を合わせた。

「怖がる?」石井が言った。「なにか、理由でもあるの。話さなかった?」

「いえ、でも……」

「なに?」

「いなくなる前の晩です。『あんなもの見せられて、信じられない』って、言っていました」

「あんなものって?」

「わかりません。でも、わたし、そのとき、ああ、この人、わたしをおいて、どっか行っちゃうんだって思って……」

そう言うと、二宮は泣き出した。

猶予《ゆうよ》ならない事態が持ち上がっている。結城は焦燥感《しょうそうかん》を覚えずにはいられなかった。まずは、竹ノ内の居所をつかまなくては。

「最近、雄二くんに知らない人から電話がかかってきたり、訪ねてきたりしたことはない?」

二宮は首を横にふるだけで、なにも答えることができなかった。

事態は想定の範囲を超える方向へ進んでいる。最悪の結果が訪れる前に、先手を打たなければ。

……でも、なにをどうすればいい。

結城は必死で考えをめぐらせた。

7

金曜日、夜七時。

結城は音川の住むマンション近くの路上にワゴン車を停めさせた。

「じゃ、行くぞ」

「了解」

運転席にいる五人の捜査員が、こわばった声で返事をかえしてきた。

結城が車から降りると、真っ先に石井がついてきた。三人の部下がそのあとをついてくる。

わずかに残った陽が住宅街の屋根を薄紫に染めている。この一週間、五月晴《さつきば》れの日がつづいている。しかし、結城には天気のことを思う余裕はなかった。

「班長、本当にやるんですか？」

歩きながら石井は苦虫《にがむし》を嚙みつぶしたようにつぶやいた。

「むろんだ」

「賛成できかねるな、今度ばかりは」

「主任の意見は意見として聞いておく」

石井からすれば反対なのは、結城も充分承知している。ここまでくるのに、丸一晩、侃《かん》侃諤諤《かんがくがく》のやりとりをしてきたのだ。いまさら、蒸し返されたところで、考えを曲げるつもりはなかった。

そのとき、すっと家の陰から黒っぽい人影が現れ、行く手をさえぎった。

捜査一課の剣持だ。

「これから、どこへ行く?」

一週間前と同じような横柄な口のききかただった。

「わかっているだろ。あんたこそ、どうしてこんなところにいるんだ?」

結城は言った。

通行人がわきを通りすぎていく。

剣持は結城をいざなうように道路の隅《すみ》によった。結城をじろりとにらみつけ、低い声で切り出した。

「だから、音川にはさわるなと言っただろ。何度、言わせりゃ気がすむんだ」

丸二日間、血眼《ちまなこ》になって竹ノ内を探したが、とうとう見つからなかった。竹ノ内雄二は大村達也の二の舞になっていることも考えられた。

「どうしても行かなきゃならない事情ができた」

そう言って、結城は一歩、前に進んだ。

剣持はいきなり結城の上腕部をつかんだ。ひねるように、その場に押しとどめる。

「放せっ」

結城は言うと、剣持の腕をふりほどいた。

結城はふところにある封筒を手にとり、中から二枚の書面を抜き出して剣持の鼻先に突きつけた。

片桐沙織と音川誠の逮捕状だ。

剣持は目をしばたたいた。そこになにが書かれているか、理解しがたいふうだった。

「片桐沙織のことは知っているな？」

結城が言うと、剣持は大きくうなずいた。

「音川といっしょに住んでる女だ。大村が殺された晩、奴といっしょにいた。それがどうかしたか？」

「じゃ、片桐良彦は？」

「……知ってる。沙織の双子の弟だ」

さすがに一課だ。大村を調べて、たどりついたのだろう。

「そこまで知ってるなら、もういいだろ」

「よくない。なんの根拠があって、片桐沙織を引っ張るんだ?」

「いじめで弟の良彦が自殺したことは知らないのか?」

「……らしいな」

「だったら、わかるだろ。沙織と良彦はそりゃ仲が良かったそうだ。小さいときから、沙織は弟の良彦としか遊ばなかった。幼稚園も小学校も中学校も、ぜんぶ同じだ」

剣持は視線を漂わせた。

そんな自分の分身が、学校のワルたちに、ひどい目に遭わされているのを沙織は黙って見ているしかなかった。そしてついに、弟は自ら死を選んでしまった。学校にも、何もできなかった自分にも嫌気がさして、沙織は頻繁《ひんぱん》に池袋に出るようになった。そこでシャブを覚え、カツアゲもするようになった。高校を出る頃は、いっぱしの不良だ。それでも、良彦のことは片時も頭から離れなかった。怒りだけが沙織の身体の中に沈んでいった。学校はおろか、警察も、だれひとり弟の仇をとってくれる者はいなかった。

だから、沙織はひとりでやることに決めた……。

「沙織の頭にあるのは、仕返しだけだ」結城はつづけた。「音川と知り合ったのは、そんな頃だ。沙織は所在のつかめない仇をなんとか見つけたい。その一心で思いついたのが出会い系サイトだ。〝3年8組女子〟と書き込んで反応を見る。しかし、仇を討つべき相手のふたりはエサに食いついてこなかった」

「3年8組のことは知っている。うちの筋読みと似たりよったりだが……沙織はどこで、その音川と知り合ったんだ？　テレクラか？」

「馬車道《ばしゃみち》」

結城は池袋西口にある、ゲイの出会い場になっている喫茶店を口にした。

「野郎、ゲイか？」

「極道の連中も使うし、女子高生だって出入りする。片桐沙織も、ずっと前から音川のことは知っていた。ふたりは知り合って、すぐ肉体関係をもった。音川という人間は極道だが、女には弱い。そこにつけいったのが沙織だ。寝物語で沙織は弟の話をした。あとは、想像がつくだろ？」

「音川に復讐の手助けをさせたってことか……」

「音川にすれば、ちょっと懲《こ》らしめてやるかっていう程度だったと思うぞ」

「身体を差し出してきたから、脇が甘くなったんだろうよ」

「かもしれん。出会い系サイトはだめだとわかって、片桐沙織はテレクラを使うようになった。沙織は自分のことを〝3年8組女子〟と名乗って、その名前を広めさせた。ハニークラブのHPにも、たびたび、〝3年8組女子〟の名前で書き込みをするようになった。その噂を聞きつけたのが殺された大村だ。やつはテレクラに足を運んで、沙織と話すようになった。こわいもの見たさってとこだろう。自分たちをおびき出すエサとも知らずにな」

「で、まんまと大村は罠《わな》にはまって、あの晩、石神井川の近くで会うことを約束した……ということか」

「そうだ。あの晩だ。あのとき、音川もいた。片桐沙織の口から、自分たちがした一部始終を、聞かされたんだ。大村は心臓が口から飛び出しそうになった。それがあの事件だ」

剣持は薄笑いを浮かべた。

「じゃあ訊くが、竹ノ内雄二のことは知っているか？」

意外な問いかけに、結城は相手の顔を穴のあくほど見つめた。

「……知ってる、片桐良彦をいじめていた片割れだが……どうした？」

「おまえさんの言ってる筋書きは合ってるぜ。昨日の晩、石神井署に出頭してきた」

「出頭？」

「命を狙われてますから、どうぞお助けくださいとよ。なにからなにまで、話してくれたぜ」

——だから、片桐良彦のことも知っていたのか。

もし、竹ノ内が出頭しなかったら、一課が事件の裏を知ることはなかったのだ。

「なら、話は早い」結城は言った。「どいてくれ」

剣持はそこを動こうとしなかった。

「おまえらが動きたいのはわかるが、その逮捕状《フダ》だ……」剣持は理解しがたいふうに言った。「恐喝ってなんのつもりだ？」

「見ての通りだ」

「わからんか、竹ノ内は吐いたんだ。大村が殺された翌日、竹ノ内は池袋で片桐沙織と会った。そこで、携帯で撮った動画を見せられて、びびりまくった」

「動画？」

「沙織は大村に会う前、音川に一部始終を話していた。それを聞かされて、音川は会う前から、ヤキを入れてやるとやる気満々だった。大村に会うなり、もう喧嘩腰だった。大村を殴《なぐ》り倒《たお》すと、奴は大村の身体を抱え上げて、石神井川に放り投げた。大村が息を吹きかえすのを見て、音川は川まで下りていって、足で後頭部を押さえつけて溺れさせた。あのヤマは、れっきとした殺しだ。その一部始終を、あの女は自分の携帯におさめているんだよ」

「見たのか？」

「なにを？」

「その動画を」

「見るわけねえだろ」

「……話だけで引っ張れるのか？」

「そんなことはいいから、〝殺し〟のフダを持ってこいって言ってるんだ。わからねえか？」

「そんなものは必要ない」

「必要ないって？」剣持はあきれたふうにつづけた。「殺しのホシを恐喝で引っ張るだと？　そんな与太話《よたばなし》、聞いたことないぞ。フダ出した裁判官、だれだ？」

「だれでもいい。フダにまちがいはない」

一課の常識からすればもっともかもしれない。しかし、片桐沙織と音川誠による恐喝の被害届を受理したのは、われわれ生安部だ。大村達也が殺されたのは余罪であって、われわれが別件で逮捕状を請求すればいいだけの話だ。

出しゃばるな、一課。

「本当にふたりのガラとるつもりか？」

あきれたように、剣持は言った。

「何度も言わせるな」

「事件の裏をとってから、まずは沙織からいくっていうのが筋だろ。もし、沙織が自供《うたわ》しなかったら、どうするつもりだ？」

「うたわんはずがない」

剣持はわずかに身を引いた。

「わかってるのか、あんた。これから自分のしようとしていることが？」

「充分すぎるほどわかってる。音川も片桐沙織も同じ穴のムジナだ。罪を犯したクズガキどもを、一分一秒たりとも娑婆《しゃば》にはおかない。それだけのことだ」

「ばかな」

剣持を押しのけて結城は歩き出した。

「おい生特……恥かくのはてめえらだぞっ」

背中にかかる言葉をはらいのけ、結城は歩みを速めた。

ここまできたからには、やめるわけにはいかない。このヤマはもともと、生安部のものだったのだ。一課など恐れるに足りない。最悪の事態を招く前に、事件の芽を摘《つ》み取る。それこそが、警察の、警官の職務ではないか。一課も生安もないのだ。

そう思いながらも、マンションが近づくにつれ、結城は顔がこわばっていくのを感じた。

もう少しすれば、被疑者の取り調べがはじまる。問題はそれからだ。ふたりのうち、どちらかを結城はみずから取り調べるつもりでいた。沙織のほうは石井に任せて、結城は音川。狭い取調室であの男と向かい合うことを思うと、結城は痺《しび》れるような緊張を感じた。

芥《あくた》の家

1

わずかに開かれた車窓から、すえた臭《にお》いが漂《ただよ》ってくる。

臭いの元は、すぐ先にある平屋のまわりに積み上げられたゴミの山だ。長いこと雨に打たれて腐りかけたボロきれやプラスチックゴミ、壊れた扇風機、自転車の古チューブ、ペットボトル、ビニール袋につまった正体のわからぬゴミ……それらが一体となり、電信柱さえ貪欲《どんよく》にのみ込んで、道路際《ぎわ》まで広がっていた。

ここは小田急線経堂《おだきゅうせんきょうどう》駅北口にほど近い住宅街。

ゴミ溜《だ》めの向こうは、ビニールの波板で覆《おお》われた〝壁〟だ。板きれで打ち付けられた粗雑な造りで、内側にもゴミがうずたかく積まれているのが見て取れる。その先、隣家と接するあたりに、またもやゴミが露出し、鉄板製の戸とも蓋《ふた》ともつかないものが立てかけてある。

「あれ、玄関ですよ」

ハンドルを握る小西康明巡査長が抑揚《よくよう》のない声で言った。

「行ってみてくれ」

結城が言うと、小西はゆっくりアクセルを踏み込み、〝玄関〟わきまで車を移動させた。

鉄板製の戸の上には汚れたカーペットがかけられていて、中の様子は見えない。

鉄板を外せば人がひとり通れるくらいの暗い通路があり、家人は、ゴミを押しのけながら入って行くのだという。近所の人の話だ。

屋敷の三方は民家と接しているが、おのおのが高い壁を造って、ゴミ屋敷との隔絶《かくぜつ》を期していた。ゴミの山の上にちょこんと見えるトタン屋根以外、ゴミ屋敷の全貌《ぜんぼう》はわからない。

「どうすりゃ、こんなとこで生きてられるんだぁ」

小西があきれた声を上げた。

「ちょっと行って挨拶《あいさつ》してこいや」

助手席の石井誠司警部補が口を開くと、小西が黙り込んだ。

しかし、ひどいものだなと結城は思った。地域課勤務のとき、ゴミ屋敷は何度も見てきたが、これほどのものははじめてだった。

住んでいるのは、八十四歳になる江塚徳子《えづかとくこ》とその長男の光弘《みつひろ》、五十歳。徳子は保険会社の事務員として定年まで勤めあげた。夫は光弘が幼い頃亡くなり、五十年来ふたりきりの暮らしをつづけている。徳子は長いこと糖尿病と関節リウマチをわずらい、三年前に骨折して以来、寝たきりの生活になった。息子の光弘は三、四年前まで様々な職を転々としていたらしいが、いまでは仕事をせずに母親の介護に専念している。

徳子が受け取る月十六万円の年金がふたりの生活費のすべてだ。

その徳子をこの半年間、見かけた人間はいない。光弘もめったなことでは姿を見せず、徳子が生きているのか死んでいるのか見当がつかない。そうしたことから、光弘が徳子の介護を放棄している可能性も考えられた。苦情が寄せられた区側が世田谷署《せたがやしょ》に相談をもちかけ、その対応が生特隊に回されてきた。六月はじめのことだ。

生特隊に回された理由は、新しく施行された高齢者虐待《ぎゃくたい》防止法だ。その運用の経験が署側になかった。

高齢者虐待防止法は六十五歳以上の老人が虐待を受けて、生命の危険にさらされている場合、自治体職員が立ち入り調査をする旨が定められている。警察はその際、同行して、調査の援助をしなければならない。

『盾になってやれ』

昨日、生特隊副隊長の内海は、にやにやしながら結城に下命した。

犯罪未満のヤマ。

盾になれ、などと本気で思っているわけではない。

ご近所迷惑のお世話でもしてこい。

内海の顔に、はっきりとそう出ていた。

実のところ、結城にしても情けなかった。〝生活安全〟とふられた自分の所属する隊の名前が恨《うら》めしい。

――とっとと区役所の職員が家人を説得して、ゴミを片づけさせれば済むことだろ。腹の底にある思いを、部下に気《け》どられてはならない。

「あれ、またあのばあさん」

小西がつぶやいた。

見れば、薄ピンクのエプロンを着込んだ老女が、とぼとぼと歩いて近づいてくる。細身で七十前後だろう。靴下《くつした》こそはいているが、安物のサンダルばきだ。右手にゴミのようなものがつまったポリ袋を下げている。

落ち着きのない視線をあちこちに投げかけ、車のわきを通りすぎていく。

ゴミ屋敷の〝壁〟に手をあてがい、歩きながら指でこすっていく。

「今日もキャベツか」

小西がつぶやく。

老女の握りしめたポリ袋からキャベツらしいものが透《す》けて見える。

電信柱のわきまで来ると、老女はゴミの山の前で立ちつくした。しばらく、あたりをながめたあと、手にしたポリ袋をひょいとゴミの中に放り投げた。そうしてから、やおら手を伸ばし、ゴミの中から洗剤のボトルらしきものを引き抜いた。それを大事そうにわきに抱えて、ゆっくりと歩き出した。

「婆さん、ゴミの集積所とかんちがいしてますよ」小西がうしろ姿を見ながらつづけた。

「昨日もああやって、ゴミ捨てていきましたよ」

「不法投棄の現行犯で、しょっ引いてこいや」

自嘲《じちょう》気味に石井が言う。

「冗談、よしてくださいよ」

結城はふたりのやりとりを聞きながら、ゴミ屋敷を見やった。中にいる寝たきりの老人の姿を想像するだけで、気が滅入《めい》った。おそらく家の中もゴミだらけだ。ふとんを敷《し》いて寝られるスペースはあるのか。ここまで事態を放置してきた区の連中は、いったい、なにを考えているのか。

陰《いん》にこもってくる気分を抑えかねていると、白い小さなものが視界の片隅《かたすみ》をよぎった。

蝶《ちょう》……。

たったいま、老女が捨てたゴミ袋の中から、飛び出したように見えた。

気持ち良さそうに宙を舞う蝶を見て、ふと結城は違和感を覚えた。

「舞い上がる、ゴミ屋敷から、春の蝶」

小西が、くだらぬ句を詠《よ》んだ。

蝶は心地よさそうに浮かんでいる。ひらひらと翅《はね》を動かして車に近づいてきた。結城の目の前を通りすぎ、高い空に輝く日の光に向かって、飛び去っていった。翅に小さな黒い斑点《はんてん》が見えた。モンシロチョウか……。

蝶がいなくなると、ふたたび結城は気が滅入ってきた。

盾になれだと……馬鹿も休み休み言え。

2

「光弘さんは、あくまで面会を拒否されるんですね？」

保健師の島崎智世《しまざきともよ》が訊《き》くと、福祉課でケースワーカーをしている村松《むらまつ》が、

「ええ、入れてくれません」

と答えた。

ふたりとも、世田谷区の職員で江塚家の担当だ。

「最後に光弘さんと会ったのはいつですか？」

島崎がつづけざまに訊く。

「ええと、二週間前ですね。家の近くで」

「そのときはどうだったんですかぁ？」

「まあ、ふつうでしたけど」

「ふつうって……」島崎はやきもきしながら言った。「おかあさんの様子、訊いてどうだ

ったのかしら?」

「いちおうは元気だということで」

「いちおうって……あなた、中に入って見てないんでしょ?」

「入れてくれなくて」

「むりやり、入っちゃえばいいのよ。どうして入らなかったのかしら、ねえ、副隊長さん」

生特隊副隊長の内海が、さっと身を起こした。結城と同じく背広姿だ。

「はあ、うちとしましては、いまの時点ではなんとも……」

頼りない答えに、島崎は肩すかしを食らったようだ。

嫌悪感を丸出しにした島崎の化粧顔を結城は見やった。

水色の制服に身をつつんだ島崎は、まだ三十に手が届くかどうかの年頃だ。警官が二名参加しているにもかかわらず、臆《おく》するふうもなく会議の進行役をつとめている。同席している福祉課長と清掃管理課長は黙り込んだままだ。結城にしても、慣れない背広姿でのケース会議参加はどことなく心許なかった。

副隊長の内海にしても、今日は来なくていいと伝えたのに、世田谷署の手前があるからと言ってケース会議に割り込んできた。会の冒頭で、開口いちばん、「今日はオブザーバーとして参加させていただきます」と早くも逃げを打つ始末だった。

まったく、煮《に》え切らない。

組織の体面を考えることしか能のない上司がうとましかった。平巡査ならともかく、幹部まで事なかれ主義に染まっているのを見るたび、落胆させられる。

結城は堂々めぐりする議論に水をさすように、口を開いた。となりにいる内海のことなど眼中になかった。

「いったいぜんたい、区はどのようにお考えなんですか？」

座が静まりかえった。

「あのゴミ屋敷、いつ頃から、ああなったのですか？」結城はつづけた。

「かれこれ十五年近く前からみたいですけど」

と村松が答える。

結城は清掃管理課長に訊いた。「あのゴミ、区のほうでなんとか、できないんですか？」

「……ええ、まあ、ゴミと申しましてもご本人様の所有物扱いになりますので、勝手に運び出して捨てるというようなことは無理がございまして……」

「道路に、はみ出た分の処理もできないんですか？」

「それも厳密に申しますと境界が定かでなく、うちとしましてはフェンスを設置するのが関の山かと……」

そんなものを作ればゴミがたまるだけではないか。

内海が靴の先でついてきたので、結城は足を引いた。

「村松さん、江塚さんの家の中はどうなっていますか？」

村松は面くらったようだ。「はあ、食器とか服とか本とか食べ物とか、もう足の踏み場もないような状態で……」

「徳子さんはベッドで寝ていますか？」

「いえ、ふとんですけど」

「一度、訪問したことがありますけど、とても人が住めるようなところじゃないです」島崎が口をはさんだ。「皮膚が弱くて、床ずれがひどいんです。栄養状態も悪くて脱水症の傾向も強いです。食事もやわらかなものしかとれませんし、お風呂も入っていません。息子さんは自分で介護すると言ってますけど、とても追いつけません。そうですよね？」

水を向けられた村松は、

「往診の先生には診《み》てもらっているんですよ。光弘さんからは、自分が母親の面倒をみなきゃいけないなっていう気持ちは伝わってくるんです。それでデイサービスをすすめるじゃないですか。でもデイサービスが来る間際《まぎわ》になって、一方的に光弘さんから必要ないって断られて、こちらとしても手の施《ほどこ》しようがないという状況でして」

「徳子さん本人はなんと言ってるんですか？　話はできるんでしょ？」結城は訊いた。

「できます。いろいろな人に世話になって申し訳ないと言います。とても引っ込み思案な方なので遠慮しているんだなと思います。でも、マッケンとかが好きで、テレビはよく見てるみたいです。ポスターとかも貼ってあるし」

「……まわりはものがあふれて雪崩《なだれ》状態なのに、かろうじて保っているという感じですね。徳子さんのことを息子さんは、わがままで世話が焼けるってこぼすんですよ。母親っていうより、世話のかかる動物みたいだなんて言うし」

と島崎がこぼす。

「それがあのゴミですか？」結城はふたたび訊いた。「息子さんの精神状態も、かなり悪いんじゃないですか？」

「それはあります」村松が答える。「自分の思うように生活を組み立てられないのがつらいんだと思います。仕事をしていたプライドがあるんですね。でも、あの歳《とし》で仕事をしたいと思ってもなかなか見つからないし、生活はおかあさんの年金頼みです。おかあさんがもし施設にでも入ってしまったら、息子さん、即、生活が立ちゆかなくなっちゃいますから」

「だからって、のらりくらりやられたら、本当に死んでしまいますよ。わたし、気が気じゃありません」

「あの……よろしいですか」副隊長の内海がおずおずと口を開いた。「聞いていますと、息子さんのほうも、それなりに対処しようと思っておられるようですから、ここは区のほうがもう一歩踏み込んで、息子さんの力になるというスタンスで介入されてみてはいかがですか?」

四人の区職員は凍《こお》りついたように内海の顔をにらみつけた。

介入できるものなら、警察になどたのまない。

四人の顔にそう書かれていた。

自分ではまとめたつもりのようだが、逆だ。

結城は咳払《せきばら》いをして言った。「事態はかなり切迫していると思われます。徳子さんの安否確認がなにより優先されますが、警察が先頭を切って調査に入ることはできません。うちとしては立ち入り時に抵抗があった場合、それを排除するという側面援助しかできません。あとは、みなさん次第です。明日、立ち入りということなら、それでもかまいません。ご連絡をお待ちしています」

言い切った結城に、内海が流し目をくれた。

それとは別に、からみつくような視線を感じて顔をそちらに向けた。

保健師の島崎が結城の顔をにらみつけていた。

……警察なんかの出る幕じゃありません。

そう言いたげな目だった。

「あの言い方はないだろう」経堂駅までのタクシーの車中、内海が苦々しそうにつぶやいた。「連中、うちを頼りにしかねないぞ」

「お言葉ですが、区側の危機意識はあまりに低いと思わざるをえません。保健師やケースワーカーが単独で動ける範囲はとうに終わっていると思います。このまま手をこまねいていたら、最悪の事態を生じかねません」

「最悪って、おまえまた、大げさな」

いや、区の連中に任《まか》せておいたら、なにひとつ進まない。会議でそこがわかっただけでも収穫だと、結城は自分を慰《なぐさ》めるしかなかった。

結城が黙り込んでいると、内海が言った。

「だから、どうしろって言うんだよ？　うちのスタンスは補助だぞ、補助」

「最低限、対象者の顔は拝《おが》みたいと思います」

「どっちの？　母親か？　無理だろ」

「息子のほうです」

「会ってどうする？　息子だって、めったに出てこないぞ」

「張り込むしかありません」

「張り込むって……おまえもわからん奴だな……まあいい……一組だけでやれよ。渋谷《しぶや》にいる二組と三組は、そのまま作戦続行だ」

「結構です」

結城の配下にある三組十二名は、現在、ほかの班と合同で捜査についている。無許可で医薬品を輸入販売している業者があり、薬事法違反の疑いで、その拠点となっている複数のマンションを監視しているのだ。経堂に来ているのは、石井が主任を務める組だけだ。ほかにも、生特隊は悪質な風俗関係事案の内偵で手一杯だ。

「結城、残業手当は出せんぞ」

「心得ています」

「警察はあくまで補助という立場だ。忘れるな」

最後にそう吐《は》きすてて、内海は駅の人混みに消えていった。

駅北口に停《と》まっていたマークXに乗り込む。

小西が驚いたように言った。「あれ、副隊長は、現場を見ないんですか?」

「任せるということだ」

「うちの組だけで対応ですか?」

「わかりきったこと言うな、ボケ」

石井が小西の頭をこづいた。

「イッさん、じゃあ行きましょうか」

「オーライ、行くぞ、小西」

3

江塚家の斜め前にあるアパートの駐車場に車を停める。

江塚徳子の家は赤堤《あかづつみ》小学校の北、住宅街のただ中にある。買い物するにしても、経堂駅北口のすずらん商店街まで出なければならない。

ちょうど下校時間なのか、子供たちが目についた。ゴミ屋敷は慣れっこになっているらしく、特別関心を寄せる様子もない。

夕方までその場にいすわった。

江塚光弘は姿を見せない。家にいるのかどうかすら、判然としない。

「見えねえな」石井が口を開いた。「土地も家もぜんぶ、ばあさんのものらしいけど、どうなのかねえ」

「まんいち、ばあさん、死んでたら、うちらのせいになります？」

小西が不安そうにつぶやいた。

「どこにそんなこと書いてあるよ？　法律読んだのか？」

「いえ、まあ」

「責任は区にあるだろうが。警察は関係ねえ」

石井は軽口を叩《たた》いたが、中にいるはずの老女を、それなりに心配している様子だった。丸一日、ゴミの山に埋もれる家をうかがい、すえた空気を胸におさめたせいだろう。結城にしても張り込む前のゆるんだ気分は薄れていた。

日が暮れかかる頃、ゴミの中にある鉄板製の戸が内側から動いた。

「出てきた」

小西がつぶやいた。

タバコを口にくわえた男がのっそりと現れた。がりがりに瘦《や》せているが上背はある。額《ひたい》のまんなかで分けた半白髪の長い毛先が肩まで届いていた。グレーのズボンに茶色のジャンパー。自転車を中から引き出すと、男はおもむろに北に向かって漕《こ》ぎ出した。

「野郎かあ……光弘って」小西が言った。「夕飯でも食らいに行くのかなあ。このすきにばあさんの様子を拝んでみますか？」

「だめに決まってるだろ」

石井が叱《しか》りつけた。

「そうっすね……死体とご対面なんて日にゃ、うちらが悪者になりますからね」

「追いかけてみるか」

「了解っ」

結城が言うのを待っていたように、小西は車を出した。

すぐに追いついた。

桜上水《さくらじょうすい》方向に向かって、のんびりとペダルを漕いでいる。

十秒とかからず、追い越す。

体をひねり、正面から肉のそげ落ちた顔を見やった。落ちくぼんだ眼窩《がんか》の底で、目だけが生々しく光っていた。

結城はピンと来るものがあった。

一目見れば犯罪者か否《いな》かの判断はつく。職務質問で鍛《きた》えた目だ。

外勤十五年。

「なに、持ってるんだ？　野郎」

バックミラーをのぞき込んでいる小西がつぶやいた。

光弘は右手に棒きれのようなものを握りしめていた。それを買い物かごの中に放り込むと、さっと右に曲がり視界から消えた。

「おい、そこそこ、Uターン」石井があわてて言った。「やつに張りつけ」

「了解」

小西は四辻《よつつじ》で車の向きを変え、元来た道にもどった。

さほど時間は経《た》っていないのに、光弘は遠い点になっていた。

「もっと寄れ、遠慮するな」

もとより、行確（行動確認）のたぐいではない。相手にこちらの存在を気づかれたところで、なんの問題もなかった。

すぐに追いついた。

光弘の漕ぐ自転車は舵《かじ》をなくした船のように、ふらふらと家々の軒先《のきさき》をかすめるように進んでいる。これから先、自動車での追尾はむずかしい。

「チャリが要《い》るな」

石井が言うと、小西はふいに車を停めた。訊く間もなく車から降りて民家に歩みよると、玄関ドアを開けて身を半分滑り込ませた。三十秒ほどしてドアを閉め、軒先にあったママチャリを手で押してもどってきた。自転車で尾行しようという腹だ。

結城は車から降りて、小西からママチャリを奪いとった。

「適当についてこい」

そう言い残してまたがり、結城は思いきりペダルを踏み込んだ。

いったん離れていた光弘の背中が、近づいてきた。

光弘の身体《からだ》が傾き、民家すれすれに自転車を寄せた。その瞬間、右手にあった棒が伸びたかと思うと、すぐに引っ込んだ。棒の先に白いものが引っかかったように見えた。

光弘はふたたび自転車を立て直すと、道の真ん中にもどった。

結城は光弘が棒を伸ばした場所にたどりついた。二階建てのアパートになっていて、女物の下着やタオルがつりさがっている。

――もしかして奴は……。

結城はペダルを踏み込んだ。

街は暮れかかっていた。

光弘の姿をとらえる。赤堤《あかつつみ》通り団地に沿うように走っている。尾行に気がついたわけでもないのに、光弘はさっと身体を倒し右手の路地に入った。

後方の車を一瞥《いちべつ》して、結城もそれにならった。

暗い。二メートル足らずの幅しかない。片側は民家のコンクリート壁、左手に古いアパートが並んでいる。車は入って来れない。

ぎっしりと立て込んだ住宅街を走っている。五十メートルくらいまで接近する。

光弘の自転車はアパート側を舐《な》めるように張りついて走っている。

心持ち尻を上げたかと思うと、光弘の手に持った棒がアパート側に伸びた。次の瞬間、棒の先に鋭い爪のようなものが鈍く光ったように見えた。そしてすぐさま、棒は引っ込んだ。

光弘はサドルに腰を落とし、ペダルを漕ぎ出した。みるみる、距離が離れていく。

一分とかからず、車の行きかう通りに出る。

家々の窓からこぼれる光が、光弘のうしろ姿を浮かびあがらせていた。酒でも入っているかのように、くねくねと蛇行しながら進んでいく。

走りながら結城は携帯で石井と連絡をとり、指示を与えた。

光弘は水道通りを横切った。商店街には目もくれず、高いマンションの際を走り抜けて、ふたたび住宅街の中に入り込んでいった。

ゴミ屋敷を出て、二十分が経過していた。

結城の全身から汗が噴き出していた。


自転車を返し、徒歩でゴミ屋敷にもどったのは午後八時。離れたところにある街灯の明かりが、うっすらとゴミの山を照らしていた。その奥から、わずかに黄色い光が洩《も》れている。それ以外は闇だ。

マークXは、ゴミ屋敷から百メートルほど離れた内科医院の駐車場に停まっていた。

後部座席に乗り込むと、石井がせわしなく言った。

「三カ所、交番を回ってきました。そのうちのふたつで、下着泥棒の被害届が出ています」

やはり、出ていたか。

「ホシは？」

「まったく、不明」

「出たのはいつだ？」

「およそ一年前からだそうです」

「世田谷署は動いているのか？」

「いや、散発的なので交番の勤務員が巡回を強化しているというだけです」

上から命令されたときだけ、警戒に当たるのだ。これだけの住宅と商店街を抱えている勤務員が、下着泥棒の捜査だけに専念できるはずがない。

「被害状況は？」

「女の下着類のみですね。発生時間帯は夕方六時すぎから深夜帯にかけてのようです……うん？」

石井が首を曲げた先を、自転車が通りすぎていった。

光弘が帰ってきたのだ。

石井が声をかけるより先に、小西が飛び出していった。

「見たか？」

「ええ、見ました」

光弘の乗ってきた自転車のかごに、丸まったポリ袋が入っていた。ふくらみ具合から見て、やわらかな布のたぐいが入っているようだ。しかも、相当の量。

しばらくして、もどってきた小西が、

「やっこさんの袋から、ブラジャーの紐《ひも》が垂れてました」

「……奴がホシか……」石井が洩らした。

「班長、現行犯でやれませんでしたか？」

「馬鹿か、おまえは。本務のことを考えろ」と石井。

……いや、思い切って職質をかけるべきだった。

ゴミ屋敷の江塚徳子という存在がなかったら、迷わずそうしていたかもしれない。

三時間前といまとでは、状況が変わっていた。

下着の窃盗《せっとう》で現行犯逮捕すれば即、家宅捜索に入ることができたはずだ。ゴミの中にため込んだ下着を見つけるだけでいい。あとは取調室で叩くだけだ。ブツがある以上、言い逃れはできない。落とせる。二日以内に。

高齢者虐待防止法による立ち入り調査などと言っている場合ではない。警察が主導権を握ればあっさりと事件は片がつく。光弘を留置場に押し込めている間に、江塚徳子を施設に送り込めばすべて丸くおさまる。

……明日。

明日、もう一度、張り込むしかない。


翌日、午後二時。

結城は警視庁富坂庁舎にある生特隊本部に呼びもどされた。

「江塚光弘は前科持ちか？」内海に訊かれた。

「はい、照会センターに問い合わせた結果、二件出てきました。五年前、小田急線の電車内で痴漢の現行犯で逮捕。その二年後に、渋谷区のデパートでいきなり女性に抱きついて強制わいせつ罪で逮捕されています。どちらも被害者と示談が成立して、起訴はまぬがれていますが……」

「どうした？」

「おそらくは、余罪がかなりあるのではないかと思われます」

「当て推量はよせ。で、世田谷署はどう言ってる？」

「電話で問い合わせましたが、今回の下着泥棒については、江塚光弘は容疑者として挙がっておりません」

「そりゃ、お手柄だったな。あちらさん、喜ばれただろ？」

「……と申しますと？」

「世田谷署が江塚光弘を窃盗で挙げれば点数稼げるじゃないか。ゴミ屋敷といっしょにぶち上げればマスコミ受けするぞ」

　結城は内海のしたり顔を見つめた。

「どういうことですか？」

「どうもこうもない。あちらさんにお任せすれば一件落着だろうが」

「いえ、仁義を切ってきました」

「じ……仁義だとぉ……結城、てめえ、光弘を挙げる腹か」

結城は前に一歩詰め寄り、内海がすわるデスクぎりぎりに立った。

「そのつもりです」

「……うちの本務をなんと心得てるんだ？」

「風俗と少年犯罪、および生活安全一般の取り締まりです」

「どこに窃盗犯の逮捕が書かれてる？」

「お訊きしますが、副隊長、世田谷署が怖いのですか？」

そう結城が言うと、内海は顔をそむけた。

世田谷署は第三方面では渋谷署に次ぐ規模をほこる大規模署だ。その世田谷署に歯向かう気など内海は持ちあわせていない。ばかりか、点数を稼いで恩に着せる腹だ。

「もともと本件は世田谷署から下りてきた高齢者虐待事案です。高齢者虐待は生安部でも、一、二を争う緊急かつ重大な課題であるのは言うまでもありません。虐待の闇に沈んでいるお年寄りの数は、相当数にのぼるものと思われます。ですが、解決された事案は圧倒的に少ない。ここは、いかなる手段を駆使してでもホシを追いつめ、ゴミ屋敷の中から江塚徳子を救出する。そのことが最優先されるべきだと考えます」

内海は横を向いたまま、つぶやいた。「……てめえはそんなだから、本部でも所轄でもない一介の執行部隊に下ろされたんだ。身の程をわきまえろ」

結城はその言葉を腹におさめ、本論にもどした。「本事案は、今日から二十四時間態勢で張り込みをかけます。一組だけでは足りないので、渋谷の二組を回します。そういうことで、ご了承願います」

「勝手にしやがれ」


「副隊長、おかんむりじゃなかったですか？」

窓のすき間から外をうかがいながら、小西が言った。

「言わせておけ。今日の晩から二組を合流させる」

「うぉ、強気ですね」

「その調子じゃ、かなり副隊長とやってきましたね」

石井がタバコの煙を吐きながら、割り込んだ。

結城は返事をしなかった。

「さあさあ、小西、準備にかかれよ」石井が言った。

「なんの準備です？」

「わかってねえな、小西、おめえはずっとここに寝泊まりするんだよ」

「ちぇ、きついなあ」

ここは江塚のゴミ屋敷から五十メートル離れたアパートの二階だ。大家にゴミ屋敷の様子を見たいのだがと話すと、喜んで空き室を使ってくれと言われた。ゴミ屋敷の表側と道路がすっぽりと視界におさまる位置だ。風下になるせいか、生ゴミと甘酸っぱい焦《こ》げたような刺激臭がごちゃ混ぜになった、なんとも言えない臭いが漂ってくる。

「ねえ班長」石井が言う。「ここの大家によると、半年ほど前からゴミ屋敷の様子が変わったらしいですよ」

「どんなふうに？」

石井のわきから、結城もゴミ屋敷をながめた。

「ほら、あの透明な波板の壁。これまで、あそこはゴミが積まれていただけなのに、いつの間にか、板きれを打ち付けて、中が見えないように壁を作ったということらしいです。玄関の鉄板もちょうどその頃から置かれているらしくて。それまではゴミの道があって、その奥に本物の玄関がのぞいていたらしいのですが……」

「下着ドロ、積みも積んだり、ゴミの細道……」小西がつぶやいた。「……ん、なんだあれ？」

結城は小西の頭をどかし、ゴミ屋敷の前を見た。

水色の制服らしきものを着た女が鉄板の前で止まり、うずたかく積まれたゴミと正対している。肩から下げた訪問カバン。

——まずい。

「なにする気だ、あの女……」

石井が言った。

「区の保健師だ」

結城が言うと、石井が女のほうを見やった。

「……なに、しでかす気ですか」

小西がいらだたしげに言った。

昨日のケース会議で、強気の発言に終始した島崎智世の言葉がよぎった。

……のらりくらりやられたら、本当に死んでしまいますよ……

警察頼みなどしない。一刻も早く、中に住んでいるお年寄りに会わなくてはいけない。

島崎はそうひとり合点してしまったのだ。

「小西、ちょっと行って……」

そこまで言いかけたとき、島崎が鉄板を両手でつかんで、わきにずらした。

ゴミのあいだにできたすき間に身を入れると、中に入っていった。島崎の姿は見えなくなった。

「どうします？」

小西が結城をふり向いた。

「どうもこうもねえ」石井が言った。「黙って見てるしかあるめえが」

結城は女の消えたあたりを見やった。

散乱するゴミのつまったポリ袋が初夏の日差しを浴びて、まぶしげに乱反射していた。


三十分後。

島崎智世が現れた。

ゴミ屋敷をふりかえりもしないで早足で歩き出した。そのまま、路地を歩いて二百メートルほど離れた区立の幼稚園の駐車場に入った。停めてあった軽自動車のキーロックを外したところで結城が声をかけると、島崎は驚いたように結城に向きなおった。

「あっ……こんにちは」

ぺこりとお辞儀《じぎ》をする。

「いけませんね、勝手なことされちゃ」

結城が言うと、島崎はぱっと顔を赤らめた。

「すみません……おばあちゃんのことが気になって」

「お気持ちはわかりますけどね。チームで対処することが大事でしょ。昨日はそのために集まったわけだから」

「はい……申し訳ありませんでした」

「で、どうでした、おばあちゃん？」

島崎はようやく緊張をほどいて笑みを浮かべた。

「それが……とても弱っていて」

「寝たきりだったんでしょ？」

「ええ、もう呼びかけに応じるのがやっとで……」

「息子さんはいましたか？」

そう言うと、島崎はばつの悪そうな顔をして結城から顔をそむけた。

「いたんですか？」

「ええ……はい」

「光弘さんがおばあちゃんの面倒をみてるんでしょ？」

「そうですけど……」

「どうしました？」

島崎は切なそうな顔つきでしゃべり出した。「……はじめのうち、光弘さんも側にいて、話を聞いてくれていたんですけど、おばあちゃんに身体のことを訊いているうちに、気がついたらいなくなってしまっていて……床ずれしているところにガーゼを貼ってあげて、それで帰ろうと思ったんです。玄関のわきが光弘さんの部屋になっているらしくて、そこから変な音がしたものですから、のぞき込んでみると……見ちゃったんです、光弘さんが頭から女性の下着をかぶっていたんです……」

結城は返す言葉がなかった。

まちがいない、奴はとんでもない変質者だ。

「これです」

と島崎は布きれのようなものがつまったポリ袋を訪問カバンの中から取り出して、結城によこした。

女物のパンティーやブラジャーといったものが、ぎっしりつまっている。

「どこにありました？　これ」

「下駄箱《げたばこ》の上に……とっさに、持ち出してしまって……なにか、証拠になるものがいると思って」

「島崎さん」と結城は呼びかけた。「このことはまだ、だれにも言わないでいてくれますか？」

島崎はどうして、という顔で結城を見返した。

結城は、警察も光弘が下着泥棒であることは知っており、早い時期に逮捕状を取り、光弘を検挙する予定でいることを伝えた。

島崎は、ほっとした顔つきになった。

「職場に帰ったら、区の皆さんに、江塚の家には近づくなと警察から言われたと伝えてください。できますね？」

「は……はい」

緊張した面持ちで車に乗り込む島崎を見送ると、結城は監視場所にもどった。

4

午後六時半。

ゴミ屋敷は夕闇に呑《の》まれようとしていた。うずたかく積まれたゴミの山の上に、わずかに屋根が見えるだけだ。光弘は姿を見せなかった。

「まただ」

小西が言った。

うす暗い街灯の明かりのもと、薄着の老女が、とぼとぼと歩いてゴミ屋敷の前を通りかかろうとしていた。靴下にサンダル。右手にポリ袋。

昨日の老女だ。

波板の〝壁〟を通りすぎると、昨日と同じ場所にポリ袋を投げ入れた。

結城は望遠鏡を取り、様子をながめた。

老女はゴミの中に手を伸ばして、自転車のサドルらしきものをつまみ上げると、また元のように前を向いて歩き出した。

「あのばあさん、半年ほど前から、ああやって来るようになったと大家が言ってましたよ」

石井が言うのを聞きながら、レンズ越しに老女を観察する。

まちがいない。

十五年の外回りで何百回と遭遇した顔、歩き方。

「小西、ちょっと行ってこい」

「行くって……あのばあさんのところに?」

「そうだ」

「……何しにです?」

「行けばわかる」

「って言われても……」

「ああやって、毎晩来られたらどうなる? 捜査の邪魔だろうが」

「もう来るなって、説得するんですか?」

「直接は無理だ。家の連中を説得するしかない」

ますます、小西は混乱したようだ。「家……?」

「つべこべ言わずに行けったら行け」

「はいっ」

追いたてられるように出ていった小西がゴミ屋敷の前にたどりついた。

しばらくして、胸の携帯がふるえた。

「班長」小西の声がした。「このおばあちゃん、認知症みたいです」

「わかってる。名札がついているだろ」

「えっ……名札……あったあった、ありました、首のうしろに回ってて……えっと、寺本《てらもと》……八重《やえ》さんですね」

「住所は？　書いてあるだろ、電話も」

「あるある、えっと世田谷区赤堤五丁目……第二松風寮《しょうふうりょう》、電話は……」

「そこで待ってろ」

結城が駆《か》けつけると、老女は道路端にしゃがみ込んでいた。

痩せている。髪は乱れ放題だ。七十前後。落ちくぼんだ目の焦点が合っていない。

「まいっちゃうなあ、動かねえでやんの」

結城は老女の首に掛かったビニール製の名札入れを手にとって見た。

小西の言ったとおりのことが書かれてある。

この老女は施設に入っていて、徘徊《はいかい》する癖があるのだ。だから、名前と連絡先の書かれた名札を首から下げている。

結城は携帯を取り出し、そこに書かれた電話番号にかけた。

すぐに若い女の声がした。

「ええ……またですかぁ」

迷惑そうな声音で言ったので、結城は少しばかり声を荒らげた。

「こちら、警察の結城と申します。困るじゃないですか、徘徊老人でしょ。交通事故にでもあったら、どうするつもりです？」

「でも、八重さん、ちょっと目を離すと出て行っちゃうんですから……こちらまで、連れてきてくださると助かるんですけど」

あっけらかんと言われて、結城はむらむらと怒りがこみ上げてきた。

ここは、施設側の人間と会って、じっくり言い聞かせなくてはならない。

電話を切ると、小西に自分の車のキーを渡した。車を取ってくるように命令し、結城は老女の前で膝《ひざ》を折った。どろんとした生気のない目をのぞき込む。

「あんた、だれ」

と今頃になって、老女は少し正気をとりもどしたようだった。

「警察官だよ、おばあちゃん。毎日、ここ来てるの？　ゴミ捨てたら、だめだよ」

「ゴ……ゴミィ」

結城は老女の捨てたポリ袋をとってきて、中身を見せた。

昨日と同じキャベツだ。とりたてのように青々として、土までついている。

いったい、どこで手に入れたのか。

やがて車が来て停まると、結城は八重の背に手をまわした。

「さあ、おばあちゃん、おうちに帰ろうね」

小西が後部座席のドアを開けた。

立ち上がらせようとしたとき、老女は結城の手をふりほどいた。

ゴミ屋敷に向かって老女は走り出した。

「あかりぃ、あかりぃ……」

「ばあちゃん、ばあちゃん」小西が追いかける。「明かりなんてついてないよ、さあさあ、良い子だから車に乗ってよ」

なかば無理やり車に押し込めると、八重は借りてきた猫のようにおとなしくなった。

小西に張り込みをつづけるように命令し、結城はアクセルを踏み込んだ。


第二松風寮は経堂駅の北へ一キロほどいった農地の残る一帯にあった。アパートに毛の生えた程度のお粗末な造りだ。江塚のゴミ屋敷からは幹線道路を渡ることなく、路地づたいにいける。寮には東西に出口がある。これでは、簡単に抜け出せてしまうだろう。

芦川《あしかわ》という若い女のヘルパーに寺本八重を引きあわせると、八重は抱きかかえられるように自室に連れていかれた。8号室と書かれたドアを開けて、中に入っていった。六畳の畳部屋には三段のタンスと電気こたつ以外、家財道具はない。芦川はこたつの前に座ぶとんをおき、八重をすわらせた。

そこまで見届けて、結城は出口のわきにある事務所で待った。机が二脚あるだけの簡素な部屋で、壁にはカレンダーすらかかっていない。もどってきた芦川に寺本八重を見つけた場所について話した。

「本当に申し訳ありません。助かりました」

お世辞《せじ》にも誠意があるとは思えなかった。

「こちらでは徘徊老人の世話をどうしているんですか？」

「けっこう重度な方も入所していらっしゃいまして、数も多いもんですから、ぜんぶで、二十五人……それを四人で見ていて、夕方の交代の時間がくると、ついつい、目を離してしまうこともあるんですよ」

「居室に鍵《かぎ》をかけておくとかできないんですか？」

「うちは精神科の病院じゃないので、できません。区のほうからそういう指導を受けているものですから」

「そうは言っても、困りますね」

「はい、申し訳ないとは思っていますけど……あの八重さんて、手に負えなくて。このところ、毎日のように出歩くようになってしまって……」

「わかっているなら、なおのこと気にかけないと」

「そうなんですけど……スタッフが毎月のように削られてしまって。去年は五人いたんですけど、どんどん、減ってしまって。区からの補助金は減る一方だし、それでも、四や五の人がどんどん送り込まれてくるし」

　四や五というのは、介護保険でいう要介護の最上位ランクの数字だ。

「ここは特別な施設ですか？」

「いいえ、ふつうの軽費老人ホームですけど。ただ、よそとちがうのは、いちばん所得が低くて身寄りのない方たちが入所してくるところです。ほとんど、お年寄りの単身世帯ですね。生活保護を受けられていた方々です」

「寺本さんも？」

「そう聞いていますけど、くわしいことはわからなくて。家族や親戚の方もいらっしゃらないようですし。あちこちの施設を渡り歩いて去年の二月に入所されましたが、一年ほど前から徘徊がはじまりました」

「旦那さんとかは？」

「ずいぶん前に離婚されたとか伺ってます。娘さんがおひとり、いらっしゃったそうですけど、若い頃、事件に巻き込まれて、お亡くなりになったと聞いています。こんなこと言うのはなんですけど、わたしたちも寺本さんには困ってます」

「なにがです？」

「こちらへ」

裏手につれて行かれた。

「これなんです」

スチール製の物置のわきに、がらくたが散乱していた。トースターやすだれ、雨傘、自転車のサドル、スプレー缶……どれも薄汚れて錆《さ》びつき、カビが生えている。それが山となっていた。

「これ、もしかして寺本さんが？」

「はい、ぜんぶ、江塚さんという方のお宅から、八重さんが持ち帰ってきたんです」

ゴミの山を前にして、結城はしばらく言葉が出なかった。

「どうして江塚さんのお宅だとわかったんですか？」

「何度か、電話があって引き取りに行きましたから」

二度と目を離さないでくれときつく説教し、第二松風寮を出たのは午後八時ちょうど。石井に電話を入れたが、光弘は一歩も家から出ないという。

狭い路地を走る。

寺本八重のことが気にかかった。

どうして八重は二キロ近く離れた江塚家に毎晩通いつめるのか。ゴミを捨てに行くというだけでも奇妙な話なのに、あの家にあるゴミまで帰りに拾ってくるとはいったい、どういうことなのか。

奇妙に思って、芦川に八重のことを訊いた。芦川は八重の関係する書類をめくって、あれこれ調べてくれたが、身寄りもなくずっとひとり暮らしで、六年前から生活保護を受けているということしかわからなかった。くわしいことは区の担当者に訊いてほしいと言われた。

八重の徘徊がはじまったのは一年ほど前。去年の暮れあたりから、江塚のゴミ屋敷へ行くようになったという。十二月といえば、半年前だ。ちょうど、その頃から、ゴミ屋敷に壁ができたはずだが……。

小西に張り込みを任せて、結城は狛江《こまえ》にある自宅に帰った。

このざらついた気分はどうしたわけか。ゴミ屋敷の中で死に直面している老女の姿が頭にちらついた。このまま放置して、もし死ぬようなことになれば、だれがどう責任を取るのか。責任のたらい回しだ。マスコミはそれが行政と警察の怠慢によるものだと牙をむいてくる。そのとき、自分はどう対処すればいい……。

重くなった靴を脱ぎ、笑い声のする居間に入った。

妻の美和子《みわこ》と一人娘の絵里《えり》が、テレビのバラエティ番組を見ていた。流行《はや》りのお笑いタレントの独演会だ。絵里は高校三年生。世話の焼ける時期だ。

「玄関の鍵、かけ忘れてたぞ」

「……ねえ、あなた、なに持ってるの？」

美和子に言われて、結城は自分が手にしている物を見やった。

ポリ袋に入ったキャベツ。寺本八重がゴミ屋敷に持ってきたものだ。車の助手席に放ったらかしにしていたのを、捨てられず、持ち帰ってきてしまった。

台所の床にそれを放り投げ、ふたりのうしろを通って寝室に入った。パジャマに着替えて居間にもどる。

「ご飯は食べた？」

食欲はなかった。

「食べてきた」

美和子はポリ袋を広げて、中に入っているキャベツを結城の前に差し出した。

「これ捨てるわよ。虫が湧《わ》いてるみたいだし」

見ればーセンチほどもあるアオムシが五、六匹、キャベツの葉に張りついていた。キャベツの表面は食われて茶色に変色し、ぼろぼろだ。

結城が顔をそらすと、美和子は素早くポリ袋を丸めて、ゴミ箱に投じた。

風呂に入り、湯上がりにビールを一本飲んで夕刊に目を通し、床についた。

妙に神経が高ぶって、なかなか寝つけなかった。

となりでは、心地よさげに美和子が寝息をたてていた。

ゴミ屋敷の臭いがまだ鼻に残っていた。

午前二時。

身体を丸めたり、うつぶせになったりして、なんとか眠ろうとするが目がさえて眠れない。

キャベツの葉に張りついたアオムシの姿がまた脳裏をよぎった。

あんなものを寺本八重はどこから運んでくるのか。

八重の娘は事件に巻き込まれたというが、どんな事件なのだろう。気がつくと、寝汗をびっしょりかいていた。

5

翌朝、結城は石井とともに世田谷区役所へ赴《おもむ》いた。福祉課の村松と会い、寺本八重について調べてもらった。

八重は世田谷区内の生まれだが、一家は離散して生家はすでにない。パチンコ店の清掃作業員として働き、十五年近く前まで、ひとり娘と区内にあるアパートで暮らしていたが、娘は殺人事件に遭遇して亡くなり、以来、ずっとひとり暮らしで、六年前から生活保護を受けているという。

第二松風寮の芦川から、事件がらみで娘を亡くしたと聞かされてから、ずっと引っかかるものを感じていた。

監視場所へもどる途中、世田谷署に立ち寄った。

大規模署のことはあり、世田谷署の一階は、訪れる区民が引きも切らなかった。江塚徳子の件で依頼があった生活安全課を通して、刑事課に案内された。強行犯係長の浅野《あさの》という浅黒い顔をした警部を紹介され、刑事課長席のわきにある総革張りのソファーをすすめられた。

用件を口にすると、浅野は怪訝《けげん》そうな目で、

「えへっ、未解決事件のファイルですか」

と結城の顔を見つめた。

「平成《へいせい》五年の夏頃の事件だと思うんですよ。マル害（被害者）の名前は寺本明里《あかり》というんですけどね」

浅野はとなりにいる刑事課長に流し目をくれると、小馬鹿にしたような顔で、

「大昔のヤマですねえ、掘り起こしてどうするっていうんですか?」

　結城は身を乗り出した。「浅野さん、もともとはこちらの生安から依頼された件で来たんだ。あんたの意見は訊いてない」

　そう言われて、浅野はしかめっ面《つら》で応じた。

「平成五年ですか……ちょっと、お待ちを」

　と別室へ消えた。

　寺本明里……はじめて寺本八重と接したとき、八重の口から洩れた言葉が結城の胸によみがえっていた。

『あかりぃ、あかりぃ……』

　あれは娘の名前を呼んでいたのだろうか。

　黙り込んだまま待っていると、無愛想な顔で浅野がもどってきた。

「えっと、これじゃないかなあ……平成五年七月二日、発生場所は東名用賀《とうめいようが》インター近くにあるラブホテル〝ブルーヘブン〟。マル害の名前はたしかに寺本明里ってなってますねえ」

　浅野はとぼけたように言うと、ぶ厚いチューブファイルを投げつけるようによこした。

　結城は渡されたファイルを膝に載《の》せて開いた。黄ばんだ新聞記事が目に入った。

　……七月二日午前九時二十分ごろ、世田谷区用賀五丁目一〇、ラブホテル〝ブルーヘブン〟（前田《まえだ》昭夫《あきお》支配人）から、「603号室に女性の死体がある」との一一〇番通報があった。世田谷署と警視庁捜査一課で調べたところ、女性は着衣を身につけておらず所持品がなかったことなどから、殺人事件と見て同署に捜査本部を設置し捜査をはじめた。司法解剖の結果、女性の死因は、手で首を絞《し》められたことによる窒息死とわかった。首以外に外傷はなく、死後十時間程度たっていることがわかった。女性は二十五－四十歳、身長一メートル五十五センチ前後、ショートカットで、髪を茶色く染めていた。所持品の中に身元のわかるものはなかった……。

　事件発生は平成五年七月二日……時効まで約二週間か。

　ページを繰《く》る。別の記事が現れた。

……昨日、全裸死体で発見された女性の身元が判明した。同女に似た女性の捜索願が出ており、母親の寺本八重さんが確認したところ、長女の寺本明里さんだと判明した。財布から現金やカード類がなくなっていた。また、八重さんによると、被害者がいつも身につけていた青い七宝焼《しっぽうやき》のペンダントもなくなっているという。そのペンダントは、誕生日祝いに八重さんがプレゼントしたもので、入浴のとき以外は常に身につけていたという。犯人は依然として不明のまま、捜査陣は全力で寺本さんの交友関係を調べている……。

　重要参考人と書かれていたページを開く。七、八枚めくっていくと、その名前が目に飛び込んできた。

江塚光弘、三十六歳。世田谷区赤堤六丁目……。

結城は我が目を疑った。

奴ではないか……。

信じられない心持ちで、捜査報告書をめくった。

……寺本明里はデパート勤めのかたわら、コンパニオン嬢として働いていた。不定期にコンパニオン事務所〝エンジェルハウス〟へ顔を出し、客の求めに応じて、用賀インター付近にあるラブホテルへ出向き売春行為に及んでいた。

寺本明里には、なじみ客がついていたが、江塚光弘もそのうちのひとり。江塚光弘は事情聴取に応じたが、犯行当日はアリバイがあると主張。それは証明されていないものの、犯行現場から同人の指紋等の証拠は見つかっていない。寺本明里については、ほかにも多数の交友歴があることが明らかとなったため、逮捕には至らなかった。……死体の紋殺痕には、微量の粉末状のものが付着しており、鑑定の結果、ジャコウアゲハの翅の鱗粉《りんぷん》と判明した……。

結城は額を脂汗《あぶらあせ》が伝っていくのがわかった。

あの江塚光弘が殺しの重要参考人として挙げられている。

事件発生直後、寺本八重は娘の交友関係について、刑事たちからしつこく事情聴取を受けたはずだ。そのとき、八重は江塚光弘のことを聞かされた。光弘の住んでいる家のことも。

――知っていたのだ、寺本八重は江塚光弘のことを。住んでいる家も。

しかし、認知症になってしまったいま、なぜ寺本八重は江塚の家をたびたび訪れていたのか。しかも、ゴミを漁《あさ》るような真似をしながら。いったい、これはどういうことなのか。

「野郎、人が変わったみたいですね」

ハンドルを握る小西がつぶやいた。

スーパーマーケットの入り口から出てきた江塚光弘の姿を目で追いかける。

自転車のかごに、ぎっしりと食材のつまったポリ袋を放り込み、自宅方向へ漕ぎ出した。

「今日は鍋物《なべもの》か……」

石井がため息まじりに言った。

ポリ袋から長ネギが飛び出ている。

「ばあさん、生きてるってことだよ」

と結城は答えた。

この三日間、光弘が自転車で街中を流すことはなくなった。毎日、四時すぎになると、こうしてスーパーに来ては食料を買い求めて帰宅する。

江塚光弘は、若い頃はリフォーム会社の営業や建具店の店員などをしていたが、ここ十年ほどは、キャバレーの呼び込みやコンビニのアルバイトをしていただけで、定職にはついていなかった。二年前から自宅に引きこもり、母親の看病に専念している。近所の聞き込みで得られた情報はそれだけだった。

寺本明里殺人事件については、殺された明里の髪の毛が数本残っているだけで、ほかの証拠物件はない。犯行現場となったラブホテル〝ブルーヘブン〟は取り壊されて影も形もない。いまとなっては物証から追及することは不可能だ。

副隊長の内海にも詳細を報告したが、「たまたまだろ」と関心を見せなかった。

「気づかれたんじゃないですかね」

石井が吐き捨てるように言った。

「かもしれん」

だとすれば、保健師の島崎のせいだろう。下着のつまったポリ袋を勝手に持ち出されたことに、光弘が気づいたのかもしれない。

このまま、張り込みをつづけるべきか。それとも、別の手段をとるべきか。

あれ以来、寺本八重がキャベツを江塚のゴミ屋敷に投棄することはなくなった。直接訪ねて、きつく注意したのが功《こう》を奏《そう》したのだろう。夕刻が近づくと、芦川の手により、狭《せま》い部屋に閉じ込められているにちがいない。

「キャベツって、蝶の好物か……？」

結城はつい口にしていた。

「ジャコウアゲハの件ですか？」小西が言った。

小西は昆虫採集が趣味だ。トンボや蝶など、飛ぶものに目がない。

「そんな小難しいのじゃねえよ。モンシロチョウでしょ？　班長」と石井。

どちらでもよかった。

「モンシロチョウの幼虫にとって、キャベツはいい餌《えさ》になりますよ。小学校の頃、理科の実験で飼ったことがありますけど、えらい食欲ですよ。三、四匹でしたが、一日、二日でキャベツの葉っぱ、ぼろぼろでしたね」

「どれくらいで羽化《うか》するんだ……越冬とかするのか？」

「そりゃいろいろですよね、蝶によってちがうんじゃありませんか……」

「モンシロチョウなんてウジみたいなもんだよ」石井が機嫌悪そうにつぶやいた。「年がら年中、湧いて出てきやがる。うちの畑にも、びっしりと卵、産み付けていきやがるし」

「イッさんとこの農園も、やっぱり、モンシロチョウが多いの？」

「ですね。まあ、食うだけ食って蛹《さなぎ》になって、ぱっと羽化したと思ったら、ひらひらと舞って、あっという間にご臨終でさ。陽炎《かげろう》みたいなもんだな」

結城は、寺本八重の持っていたキャベツに張りついていた幼虫を思い出していた。

どちらにせよ、ゴミ屋敷に閉じ込められている母親を救出することが焦眉《しょうび》の急だ。寺本明里の殺人事件は、この際わきにおいておくしかない。

6

「江塚さーん、いらっしゃいますかあ！」

福祉課の村松がゴミ屋敷に向かって大声を上げた。中から応答はない。

六月十五日。高齢者虐待防止法に基づく立ち入り調査だ。ケース会議に参加してからちょうど、一週間。すでに梅雨入りしている。これ以上引き延ばせば、中にいる江塚徳子の生命が危ういと全員の判断が一致した。

とうとう、この日が訪れた、と結城は思った。

できれば、ゴミを漁るような仕事はしたくなかった。区役所の人間に任せておきたかった。しかし、いま、そうは言っていられない。心の中にも住処《すみか》にも、人はみな、他人に触れられたくない聖域を抱えている。気づかれぬよう、こっそりとその中に入り込むことこそ、自分らに与えられた任務なのだ。そうみずからに言い聞かせた。

「よし、踏み込もう」

結城が言うと、小西が鉄板製の戸を抱えてわきに押しやった。

鉄板にかかったカーペットをずらし、ゴミのつまったポリ袋をどかしていく。

人が通れるすき間を作ると、保健師の島崎が先頭を切って入っていった。

村松がつづき、結城もビニール手袋をはめて従った。

むせるような悪臭がたまらず、口から息を吸った。

ゴミをかき分けて進む。綿ぼこりが舞う。ようやく、本物の玄関にたどりついた。

ゴミが引き戸を覆い隠しているため、半分ほどしか開かない。

村松がこじ開けると、五十センチほど開いた。体を横にして入った。下足入れはゴミの山に隠れて見えなかった。廊下とおぼしい場所もゴミ捨て場だ。

「そっちです」

島崎の声を頼りに、村松が土足のまま居間らしき場所に入り込んだ。

「あっ」

という声がした。

「おばあちゃん、福祉課の村松だよ、覚えてる?」

「おばあちゃん……ああ、よかった」

島崎の声がつづいた。

部屋を横切るようにつりさがった紐《ひも》に、手ぬぐいや衣類がびっしりとかかっていた。開いたままの洋服ダンスからは、徳子のものらしい服や着物が溢《あふ》れ出ていた。卓袱台《ちゃぶだい》は、醤油《しょうゆ》が残ったままの小皿やマヨネーズ、紙コップ、急須《きゅうす》といったもので覆われている。その下も無数のプラスチック容器やらポリ袋やらで埋めつくされて、畳すら見えない。そのわきに煮染めたような茶色いふとんが敷かれ、窓に頭を向ける恰好で白髪頭の顔がふとんからのぞいていた。

「だいじょうぶ？　おばあちゃん」

身をかがめて島崎が呼びかけると、江塚徳子は薄く目を開け、毛布の下から手を伸ばした。その手を握りしめると、徳子の目が見開かれた。

「今日は、ここから出ようね、病院行こうね、いい？　おばあちゃん」

徳子がうなずくのがわかった。

それにしても、なんとかならないか、この臭いは……。

よく、こんなところで生きていたものだ。

「息子さんは？」

結城が声をかけたが、徳子の耳には届かないようだった。

島崎と村松がふたりがかりで、徳子を起こした。持参してきた服に着替えさせるのをしばらく見守ると、結城は小西の顔を見やった。

「探せ」

短く命令し、結城も部屋から出て奥へ向かった。

徳子がこの屋敷から外に出れば、立ち入り調査は終わりだ。そうなれば、家の中にいることはできない。

どこを探しても、盗んだと思われる下着らしきものはなかった。以前に島崎が見つけたという玄関にもどって、ゴミの山をくずした。

ポリ袋だらけだ。手当たり次第に中身を物色したが、それらしきものは入っていない。あまりの量に、気ばかりが急《せ》いた。

棒、下着……なんでもいい、証拠を見つけなければ。

見つけたら地裁にいる石井と連絡を取り、窃盗容疑で家宅捜索令状を取る手はずになっていた。しかし、このままでは……。

下着類は処分してしまったのか。それとも、ゴミの奥深くに隠してしまったのか。光弘はどこにいるのだ？

このゴミの山から盗んだ下着を見つけるなど、藁《わら》の中にある一本の針を見つけるようなものだ。やはり、現行犯逮捕しかないのか……。

しかし、この感覚は、なんなのか。

世田谷署で寺本明里の捜査報告書を見て以来、ずっと、胸にこびりついて離れない疑念。

——寺本八重はなぜ、いまになって江塚家を訪れているのか。

「結城さーん、お願いします」

居間から徳子を抱きかかえた島崎と村松が現れた。

結城はあせった。

三人が出てしまったら、万事休すだ。

「ちょっと待ってくれ」

結城は家の奥へ分け入った。

「あったか？」

「ありません」

右手から小西の声が響いた。

一歩踏み込むと、つりさがったビニール紐に、タオルやジャージ類がかかっていた。空間のほとんどをゴミのつまったポリ袋が占拠し、部屋の端《はし》にある冷蔵庫の前までうずたかく積まれていた。これでは冷蔵庫のドアも開きやしない。

「班長っ」となりの部屋で小西の声が上がった。「来てください」

ゴミをかき分けて、声のする方角へ向かった。

ゴミの山から小西の顔が見え、両手で箱のようなものをふりかざした。

ゴミを引きずるようにして、小西に近づく。

「なんだ、それ？」

結城は言いながら、小西から受けとった木箱を見た。

青、黄色、紅色、形も様々な蝶が翅を広げて、ピンでとめられている。箱は古く、蝶の翅の色はくすんでいた。

「ジャコウアゲハか？」

寺本明里の遺体の首には蝶の鱗粉が付着していた。……同じ鱗粉であれば、明里殺しの有力な証拠になるではないか。

「ちがいますね」小西が木箱の中をじっと見つめながら言った。「でも、江塚が蝶の収集をしていたのはまちがいありません。例のヤマのホシと見ていいんじゃないですか？」

「そうかもしれんが……それ、どこにあった？」

「このあたりです」

小西が指さしたのは、古新聞の積まれたあたりだ。

「新聞の上か？」

「いえ、あいだにはさまっていました、どうしますか？　押収しますか？」

「今日はだめだ。あらためて令状を取ってからだ。もどしておけ」

「了解」

「きちんと元あった所へもどしておけよ」

「わかってますって」

小西が慎重な手つきで、古新聞のあいだに箱をおさめるのをうかがう。

そのとき、表から呼ぶ声が聞こえた。

「班長、区の連中、出ちゃいました。我々も出ないと」

「おう」

結城はうしろ髪を引かれる思いで玄関に降り立った。妙な違和感を引きずっているのを感じた。ゴミ屋敷に入る前にはなかった。なにか大事なものを見聞きしているような気がする……この家の中で。

目の前にたちふさがるゴミの山をかき分けるのに神経を集中していると、その思いは薄らいだ。江塚徳子のことが気にかかった。

徳子はすぐ先に停めていた区役所の軽自動車の中にいた。

結城は車に駆けより、後部座席のドアを開けて徳子の顔を見た。

「おばあちゃん、息子さんは？」

「知らね」

「光弘さんよ、おばあちゃん、家の中にいるの？」

となりにいる島崎が訊いた。

「昨夜《ゆうべ》、出てったきりもどってこねえ」

しまった。逃げられた――。

「じゃあ、いいですか？」

島崎は光弘より、徳子のことが気になる様子で言った。

「これから、病院で精密検査を受けてもらいます。いいよね、徳子さん？」

徳子は何度もうなずいた。

「そのあとは、区の施設に入ってもらうからね。しばらくおうちにもどってこられないけど、いいよね」

「いいってばよぅ」

「結城さん、どうも、ありがとうございました。村松さん、お願いします」

「はい、行きましょう」

「ちょっと待って」

結城は後部座席で縮こまる江塚徳子を見て言った。しかし、それから先の言葉が見つからなかった。

怪訝そうな顔でかたわらにいる島崎が結城を見上げた。

「お話があるようでしたら、のちほどお願いできませんか？」

結城は身を引いて、徳子を乗せた軽自動車が走り去るのを見送った。

そのとき、携帯がふるえた。

副隊長の内海からだった。

「見つかったのか？」

「……時間が足りません」

「野郎の盗んだ下着は見つけたのか、見つからなかったのか、どっちなんだ」

「見つけられませんでした」

「例の蝶は？」

「だめですが、しかし……」

似た蝶の標本は見つかったが、肝心のジャコウアゲハの標本は見つけることができなかったことを話した。

「ばっかやろう、だから、言わんこっちゃねえ、さっさともどってきやがれ」

「了解……」

結城は携帯を切り、小西に向かって怒鳴った。

「おい、撤収だ」

結城はゴミ屋敷をふりかえった。せめて、あの蝶のつまった箱の写真だけでも撮ってくればよかった。しかし、どうなのだ。あのゴミ屋敷と認知症になってしまった寺本八重を結ぶ線は……それと殺された寺本明里の首に付着していた蝶の鱗粉。やはり、江塚光弘は寺本明里殺しの真犯人なのか……。

たとえば、こんな風には考えられないか。寺本八重は、第二松風寮に入所した直後から認知症がひどくなった。やがて徘徊がはじまり、あちこちを歩き回るようになった。それから六カ月、去年の暮れのことだ。八重は徘徊の途中で偶然、このゴミ屋敷の前を通りかかった。いや、それまでにも通ったことはあるかもしれない。そこで見つけた……。

家から出てくる江塚光弘の姿を。かすかに息づいている八重の脳細胞はしかし、江塚光弘のことを覚えていた。

その日から無意識のうちに、江塚のゴミ屋敷は八重にとって特別な家になった。ゴミを漁るだけでは飽きたらず、八重は屋敷の中にまで侵入した。日参する認知症の老女の存在は、光弘を動転させた。

施設に何度苦情を申し立てても、老女はやってくる。追いかえそうとする光弘を異様な目でにらみつける。

その執拗《しつよう》さに耐えかねた光弘は、あの〝壁〟を築いた……。

その一方で、結城は江塚光弘の十五年間を思った。

寺本明里を手にかけてから、精神の歯車そのものが噛《か》みあわなくなったのではないか。ゴミすら、片づけるのが億劫《おっくう》になり、働くことにも嫌気がさした。痴漢と盗みをくりかえし、自宅は荒れ果て、悪臭を放つゴミ屋敷と化した。

わからないのは、あのキャベツだ。寺本八重はどうしてあんなものを、来るたびに置き捨てていくのか。

八重は、娘を殺した容疑者の家近くをたまたま徘徊していただけなのか。

『あかりぃ、あかりぃ』

八重の口から洩れた言葉が脳裏によみがえる。

もう一度、八重と会わなくてはならない。会って、江塚光弘の名前を出せばなにかしら、反応を得られるのではないか。


第二松風寮の部屋の窓は、どれも固く閉じられていた。もしかして、自分はとんでもない思い違いをしているのではないか。

認知症の老女とゴミ屋敷をつなぐ線だと……。馬鹿馬鹿しい。

八重は徘徊が出るほどの認知症ではないか。過去に光弘のことを知っていたとしても、なぜいまになって犯人の住んでいる家にまで押しかけるのか。

……単なる一老女の徘徊なのだ。

そう思いながら車から降りた。横手にある入り口から中に入ると、事務所から出てきた芦川とぶつかりそうになった。

「どうしました？」

結城が訊くと、芦川は結城をふりかえり、

「寺本さん、いなくなってしまって……」

と青ざめた顔で言った。

「えっ、いなくなった」

返事をする間もなく、表に飛び出していった芦川を追いかける。

どこへ行ってしまったのだ。また、江塚のゴミ屋敷か。

夜道を駆けぬける芦川のあとについて走った。

ふっと、暗がりにその姿が消えた。

そのあたりまで行って、結城は周囲に目を凝《こ》らした。

住宅と住宅のあいだに畑があり、十メートルほど入ったところで、人影がからみ合っていた。

「……おばあちゃん、だめだよ、帰ろう、ね、ね」

暗がりで、芦川がしゃがみ込んでいる人を抱きかかえるように話しかけていた。結城は畑の中に足を踏み入れた。まるまるとしたキャベツがなっている畝《うね》のあいだを歩いた。こんなところに、キャベツ畑があったのか。

寺本八重がうずくまり、キャベツのまわりの土をほじくりかえしていた。

「おばあちゃん、帰ろう、ね、お願い」

芦川の横にかがんで、結城は八重の両わきに腕を差しはさんだ。「おばあちゃん、さあ」

と声をかけて、ひと息に抱き起こした。

老女の身体はあっけなく持ち上がった。芦川がすかさず八重の身体をささえて、歩き出す。

「ありがとうございます、いつも、ここに来るんですよ、だめじゃない、寺本さん、何度言ったらわかるのよ」

八重を引きずるようにして歩く芦川のあとを、結城は黙ってついて歩いた。

その瞬間、結城の脳裏にそのときの光景がひらめいた。思わずこぶしを握りしめた。

……そうなのだ。自分は目にしている。

ほんの半日前、立ち入り調査で江塚家に入ったときだ。江塚徳子は、村松と島崎の手により、着替えさせられていた。あのとき、見たのだ。この目で、たしかにそれを。

徳子の首にぶら下がっている青色に輝く七宝焼のペンダントを――。

7

結城はふと目をこすって、窓のすき間からゴミ屋敷を見やった。

午後五時。

西日の照りつける江塚家に動きはない。

寺本明里殺人事件の時効まで残すところ十日を切っていた。

立ち入り調査に入った翌日、江塚光弘はふらりと舞いもどってきた。

それから一週間、家に閉じこもったきり、一度として姿を見せていない。夜になると、ゴミの中にほんのりと灯る明かりだけが、江塚光弘が生きて存在していることの証《あかし》だった。

光弘が盗んだと思われる下着は見つからず、家宅捜索の令状請求ができないまま、一週間がむだにすぎた。江塚徳子が首にかけていた七宝焼のペンダントは、寺本明里のものと断定はできなかった。それを証明できる母親の八重は重度の認知症であるからだ。

内海の命令で、張り込みは一組だけになっていた。物証は相変わらずひとつもなかった。殺しの疑いによる逮捕状請求など、できる話ではなかった。

しかし、江塚光弘が寺本明里殺しのホシだと結城は確信していた。

鼻であしらわれた世田谷署の強行犯係長の浅黒い顔が浮かんだ。しかし、結城には恨む気持ちはなかった。ここまで追い込むことができた幸運を結城はむしろ感謝したかった。光弘の逮捕状を取る準備はできている。挙げたあとは、富坂庁舎の本部に連行して、洗いざらい吐かせる。……その日は近いうちにきっとやってくる。

重くなる瞼《まぶた》が閉じかかったそのとき、白っぽい物がゴミ屋敷のあたりに散った。結城は目を見開いて、その物体を目で追いかけた。

そよ風に散る桜の花びらのように、それらはゆらゆらと宙を舞っていた。

あれは……モンシロチョウではないか。

おびただしい数の蝶が、ゴミ屋敷から湧き出ていた。

寺本八重が来る日も来る日もゴミの山に投げ入れたキャベツに食らいついた卵が、幼虫になり、蛹へと変態し、とうとう羽化して飛び立っていく。

いま目にしているのは、その光景なのだ。

身体の中を熱いものが這《は》い上がってきた。

——明里を殺した奴はここに住んでるのよ……。

その思いを寺本八重は蝶に託したのだ。自分でもそれと気づかないままに。

いまだ捕まらない犯人への憎しみと悔しさが八重の中に息づいている。たとえ認知症にかかったとしても、その思いは八重の中で決して消えてしまうことはなかった。自分以外に犯人を追いつめることのできる人間はいない。娘に手をかけた人間を必ずあぶり出してみせる。そう願う母親の念が乗り移った蝶の群れなのだ。

門戸代わりの鉄板がスライドして、光弘が姿を現した。自転車のかごの中に棒を入れるのをみとめると、結城はおもむろに石井に向きなおった。

「イッさん、二組と三組の招集、かけてくれ」

言うと結城はこぶしを握りしめた。今日こそ、この手で奴をふんじばる。

散骨

1

ジージー、シャーシャー、ジージー、シャーシャー……。

競うように鳴くアブラゼミとクマゼミの声がふりそそいでくる。雑木林から望む空は、一点の曇りもなく高く透《す》きとおっていた。張り込みをはじめてから二時間。土と生い茂る草木のまざった匂いも、結城は気にかからなくなっていた。目に入るのは緑に覆《おお》われた雑木林と青々とした稲がなびく水田だけだ。

町田《まちだ》市と多摩《たま》市の境に広がる多摩丘陵《きゆうりよう》の西端、小野田《おのだ》町にある里山の一画。小高い丘に囲まれた谷戸《やと》のとば口だ。

七月二十日、日曜日。仰々《ぎようぎよう》しい張り込みでもなかった。地肌からしみ出てくる汗をタオルでぬぐう。それにしても暑い。梅雨が明けてここ数日、関東《かんとう》地方には一滴の雨も降っていない。連日、三十二度を超える真夏日だ。

ヤブ蚊《か》の群れがやってきた。たまらず、結城は湿った畦《あぜ》から尻《しり》を上げた。そのとき、すぐ先の道をシルバーのワゴン車が猛然と走り抜けていった。つづけて、セダンが二台、同じ方角へ消えていった。どちらも品川《しながわ》ナンバーだ。

石井の肩をぽんと叩《たた》き、畦道から道路へ出た。ゆるい勾配《こうばい》がついた狭い舗装路《ほそうろ》を歩く。

人の姿はない。

「班長、連中、そうですかね？」

地下足袋《じかたび》に作業着、首に巻いた手ぬぐいという石井の出で立ちは、どこから見ても地元の人間に見える。市民農園で土いじりをしているから、堂に入ったものだ。

「どうかな……」

雑木林の尾根にはさまれた小径《こみち》を進み、切り通しを抜けると視界が開けた。休耕田が連なった道の先は行き止まりになっていて、こんもりとしたクヌギ林が広がっている。その手前に一軒の民家があり、古道の面影を残す細道に三台の車が停《と》まっていた。クヌギ林の端《はし》に張り出した木立は取り払われ、十数人の男女がそこに分け入っている。

結城は石井と顔を見あわせた。

「まちがいないですな」

居合わせた全員がラフな夏服をまとっていた。年配者や若者にまじって、子供の姿もある。ひとりだったり、三、四人が固まったりと、思い思いの場所で、白っぽいものを撒《ま》いている。

白い粉は、リン酸カルシウム。

火葬したあとに残った人間の遺灰だ。

遺灰は産業廃棄物扱いだが、散骨については法律に規制はない。実際、海や空からの散骨はポピュラーになった。その一方で、陸地の散骨は周辺住民にはまだまだ理解されていない。北海道では風評被害の恐れがあるとして条例による規制ができた。他県でも水源地への散骨に苦情が相次いだ。

結城の属する警視庁生活安全部にも、先月、同様の苦情が入った。このあたり一帯は、都の緑地保全地域に指定されていて、里山の景観保全が求められている。私有地への散骨は規制対象外だが、結城らは散骨の真偽《しんぎ》とその場所をたしかめるべく、土曜の朝から張り込みをしていたのだ。上からの命令でなければ、とっくに所轄署に回していただろう。結城が長年籍を置いた地域課でも充分対応できる事案に思われた。

しかし、なぜか自分たちにその任務が降ってきた。

結城は、あなどるなと自分に言い聞かせた。およそ事件とは呼べない事案でも、確実に処理をして次にかかる。見落としなど、あってはならない。ここ数カ月で染みついた習いだ。

クヌギ林に近づいて、散骨をする様子をながめた。白いスミレ草が咲き誇る山肌のあちこちに散らばり、淡々と骨を撒いている。車の脇で様子を見守っていた五十がらみの男が結城らに気づいて、歩み寄ってきた。麻の開襟《かいきん》シャツにグレーのズボン、革靴《かわぐつ》は土で汚れている。

「あの、ご近所の方でしょうか？」男は言った。

背は低く、薄くなった髪の毛に手をあて、媚《こ》びを売るような目で結城らを見ている。

「いや、ちがいますけど」結城は答えた。

男は怪訝《けげん》そうな顔で石井の顔を見やる。

「ちょっと、通りかかってね」石井が口を開いた。「おたくさんら、撒いてるの、遺灰じゃない？」

男はうなずいてから林に顔を向け、「さようです。散骨をさせていただいております」と言った。

申し遅れましたがと前置きして、男は名刺をよこした。

〈旅立《たびだ》ち之《の》友社《ともしゃ》　専務　前島利夫《まえじまとしお》〉

とある。

「おばあちゃん、八十二でお亡くなりになられたんですけどね、生前から散骨を希望されておられましてね」男は言った。「それで、本日の運びとなったような次第でして。子供さんやお孫さんに送られて、ほんとにいいお日和《ひより》になりました」

「おたく、代行してる業者なわけか。散骨は今日がはじめてかね？」石井がつづけて訊《き》いた。

「いえ、先月にも一度……」

やはり、散骨はたびたび行われているようだ。

「地主さんの許可、もらってあるの？」

「それはもう、占部《うらべ》さんには大変お世話になっておりまして。わたくしどもも、先月のうちから足を運びまして、お許しを得たようなわけでして」

前島は道のわきに建つ古い木造の民家を見上げた。いかにも農家といった佇《たたず》まいだ。右手に赤いトタン屋根の農機具小屋がある。このあたりの土地の所有者なのだろうと思われた。その許しを得て散骨しているのなら、警察としても口をはさむ余地はない。

しかし、ここは確認をとらなければ。

結城は家に向かって歩き出した。

石井があとをついてくる。

小径を登ると荒れ放題の庭が現れた。農機具小屋の戸が半分ほど開いていて、奥まったところに小型のトラクターが見える。庭のすみに、軽自動車がぽつんと停まっていた。

サッシ戸の玄関に郵便受けがある。

〈占部喜代《きよ》　末雄《すえお》　智子《ともこ》〉

三人家族のようだ。

「あ、おばあちゃん、おはようございます」

縁側にまわった石井が声をかける。車椅子《くるまいす》にすわった老婆が、陽差しを避けるように、和室の引っ込んだところから外を見ていた。

でっぷりした顔の老婆は、ぺこんとお辞儀《じぎ》をして、「ああ、おはよう」と意外にしっかりした声で言った。

石井は縁側に腰をかけ、暑いねえと親しげに声をかけた。奥の間から聞こえていた掃除《そうじ》機《き》の音がやみ、ほっそりした三十半ば過ぎくらいの女が姿を見せた。娘の智子だろうか。眉《まゆ》の美しい知的な顔立ちをしている。長い髪をうしろでまとめ、首に汗が浮いていた。その黒い瞳に疑い深そうな色が浮かんでいる。

結城は警察手帳を見せ、名乗った。

占部智子は生白い華奢《きゃしゃ》な手を膝《ひざ》にそえて、しゃがみ込んだ。「あの……散骨のことでしょうか?」

「ええ……業者の方から、おたくさんの許しを得ていると聞いたものですからね」結城が言った。

智子は生気のない目で、「ああ、前島さんから……はい、今日のことはうかがっていますけど、なにか……?」と答えた。

「おばあちゃん、こちら、おたくさんの土地ですかぁ」石井が口をはさむ。

「えーえー、ここから見える土地、ぜんぶわしらの土地じゃでー」

「ほー、すごいねー」

石井は感心して、あたりの風景を見やった。クヌギ林は百メートルほど上ったところで頂《いただき》になり、その下に広がる田んぼは、雑草が生い茂るままだ。耕作をやめてから、かなり年が経っているようだ。

散骨が終わったようで、車の近くに人が集まり出している。あっけないものだ。

「じいさまが死んでから、田んぼも畑も、ぜんぶやめたよ。宝の持ち腐《ぐさ》れだね。ところで、あんたら、苦情でも出たのかい？」

「うん、おばあちゃん、そんなところでね」石井が言う。「あの業者さん、散骨は二度目だって言ってるけど、本当？」

喜代は首を伸ばして、男を見やった。「たしか、そうだね」

「ほかにも許可を出したことがあるんですか？」結城はやんわりと智子のほうに訊いた。

「ああ……はい」

智子は奥の間に入ると、厚手の茶封筒をたずさえてもどってきた。中から紙の束をとり出して、結城に渡した。

どれも役所が発行した火葬許可証のコピーだ。今年の一月二十五日発行のものから今月発行のものまで、ぜんぶで八枚ある。このすべてに散骨を許可したらしく、智子に訊《たず》ねるとそれを認めた。

「あの奥さん、不勉強で申し訳ないんだけど、これがあれば散骨してもいいの？」石井がずけずけと訊く。

智子はとまどった様子で結城の顔を見やった。

「書類は要《い》らないということですけど、みなさん、念のために置いていかれます」

「ほんとはね、お金もらってるんだよ」老母が口をはさんだ。

「おかあさん」

智子にたしなめられたものの、老母はつづけた。「一回につき、五万円、決まっておいてくんだよ。要らないって言ってるのにねえ」

「まあ、それくらいはねえ」石井が肯定するように言う。「そりゃそうと、大変だねえ、おばあちゃん、車椅子じゃあ」

「糖尿がひどくなっちまってさぁ、弱ったもんだよ」

世間話をしながら、しばらくのあいだ、散骨の許可は出さないでくれないかと申し入れると、ふたりはあっさりと承知してくれた。念のため、火葬許可証にある八人の名前と住所をメモして占部家を辞《じ》した。

散骨が終わり、次々に車が出ていくところだった。前島の車に石井が歩みよって運転席をのぞき込んだ。

「あれ、もうお帰りぃ？」

「はい、なるたけ早くすませてもらうようにしてますもんで」

「いい商売だね。どれくらいで引き受けてるの？」

「あは……じゃ、失礼します」

前島は、ばつの悪そうな笑みを残して、アクセルを踏み込んだ。

最後の車が見えなくなると、里山に静けさがもどった。

石井の横にならんで、結城は散骨の終わったクヌギ林を見上げた。気にかかったので、結城は林の中に足を踏み入れた。石井はまちがっても、人の遺灰が撒かれているところに入る気はなさそうだった。

ゆるい勾配のついた土の上を歩いた。人が歩きやすいように下草が刈られている。散骨の業者がしたのだろうか。スミレ草の根元に撒かれた白っぽい遺灰が見える。遺灰というよりも、石灰の粉末のようだ。人の骨をあそこまで細かくするのに、さぞかし苦労したことだろう。木槌《きづち》のようなもので打ち砕いたのだろうか、などと考えながら途中で引きかえした。

切り株の根元に、紙のようなものが目にとまった。散骨した人の落とし物だろうか。紙には四角い赤のかこみがある。ハガキのようだ。大半が土の中に埋まっている。

結城は立ち止まり、紙の端をつかんで引き抜いた。薄汚れているがまぎれもなく年賀状だった。今年のものだ。宛名《あてな》もちゃんと読める。相模原《さがみはら》市酒手《さかて》町の住所。名前は佐藤一《さとうかず》美《み》。

どうしてこんなところに年賀状が落ちているのだろう。……いや、埋もれているのだろう。

　年賀状のあった下に、黒っぽいビニールの切れ端《はし》が出ていた。注意深く、引っぱり出してみた。黒々としたビニール袋が現れた。袋の口が破れかけている。中をのぞき込むと、おびただしい数の年賀状がつまっていた。

　なんなのだ、これは。

　掘り返した土を足で埋めもどし、結城はビニール袋をたずさえて林から出た。

　袋をのぞき込んだ石井は、うえっ、と洩《も》らした。

「まったく、妙な物を掘り出したりして、班長、いったい、どうする気ですか？」

「どうもこうもないだろ」

「知らないですよ、祟《たた》られても」

「人聞きの悪いことを言うなよ」

　言いながらも、結城自身、いい気持ちはしなかった。ふつうの林ならまだしも、人の遺灰が撒かれた林から、まさか年賀状のつまった袋を掘り出すとは。いまになって気が引けてきた。よりによって、こんなところで……。

　しかし、どうしてこんなところに年賀状が埋まっているのだろう。散骨をした人が埋めていったのだろうか。遺品を埋めるというならわかるが、年賀状など埋めるものだろうか。しかも、これほど大量に。

結城はふくらんでゆく好奇心に勝てなかった。

占部宅から三百メートルほど下った四辻《よつつじ》に、無人の野菜販売所がある。そのわきにランニングシャツ一枚の初老の男が、こちらをにらみつけるようにして立っていた。散骨を通報してきた川島正次《かわしましょうじ》という地元の農家だ。自宅はここから五十メートルほど先に行ったところにある。自分たちと同じく、朝から見張っていたのだ。石井が路肩に車を停めると、川島は小走りに近づいてきた。

「ね？　見たでしょ？　連中、骨、撒いてたでしょ？」

「ええ、たしかにやってました」石井は答えた。「占部さんとこの裏山でしょ？」

「そうそう、占部んとこのクヌギ林。おかげで、こっちは大迷惑ですよ。米や野菜も売れねえしさ、あの辺、子供も怖がって近づかないんですよ。警察のほうで、どうにかしてくださいよ」

「川島さん、通報していただき、ありがとうございます」結城は言った。「占部さんから確認をとらせてもらいました。正式に散骨の許可を出していらっしゃいましてね。ご自分の土地ですから、取り締まりの対象にはならないんですよ」

「許可？　だれがそんなもん、出したって？　ばあさんや智ちゃんが、そんな許可出したなんて聞いたことないぞ……」川島はしばらく考え込んだ末、思いついたように口を開いた。「……そうかぁ、末雄の奴の仕業《しわざ》だ。ちがいねえ。きっとあのあほうだ」

「末雄さんて、あの家の旦那《だんな》さん？」石井が訊いた。

「そうですよ、婿養子。十年前、埼玉の入間《いるま》から来た男でね」

「その末雄さんが散骨の許可を出したってほんとかね？」

「まちがいないね。だいたい、だれが自分とこの山に、よそんちの人の骨、勝手に撒かせるかっていうんだよ。ばあさんも智ちゃんも迷惑してるよ、きっと」

「川島さん、どうしてそう思うの？」

「あの家、子供ねえだろ。末雄の奴、ばあさんからは種《たね》なしってさんざん、言われてさ。おまけに高卒でトラック運転手だろ。それにひきかえ、嫁さんは大学出で、予備校の講師やってるからさ。最初っからうまくいくはずなかったんだよ」川島は右手の小指を立てた。「これだよ、これ。今年の冬だ。女、こしらえてさ、奴はおん出ていきゃがったんだぜ。もう何年も競馬に入れ込んでてさ、うん百万の借金残してどろんさ」

「『どろん』した末雄さんが、どうやって許可を出せるんですか？」

「そんなこと、あんたらが調べりゃ、すぐわかるじゃねえか」

「まあまあ、川島さん」結城が口をはさんだ。「占部さんにはたしかに苦情が出ていることを伝えました。散骨のほうも、おいおいなくなると思いますよ」

「いやぁ、終わらねえ、奴のことだ、そう簡単に終わるわけねえ」

「じゃあ、また、なにかありましたらお電話ください」

なにか言い足りなさそうな川島を残して、石井はさっさと車を出した。

里山から離れて鎌倉《かまくら》通りに入った。川島正次と別れてから、石井はだんまりを決め込んでいる。結城が年賀状の入った袋を持ってきたためだ。石井の顔には、〝そんな縁起でもないもの、持って帰る気ですか〟と書いてある。

年賀状については、占部家で尋ねてみた。智子はおらず、喜代に年賀状を見てもらったが、まったくわからないという。可能性としては、散骨にきた八家族のうちのだれかが、ひそかに埋めたということだろう。

埋められていた年賀状の数は三百通あまり。宛先はすべて、相模原市酒手町で、ほとんどが各戸ごとに輪ゴムでまとめられている。散骨した家族のうちのだれかが埋めたのだろうか。それとも、本来、配達すべきものを配達せず、まとめてあの場所に埋めた……。

「イッさん、年賀状を配達せずに捨てたら、なんの罪かな？」結城は訊いた。

「未配達の手紙を廃棄した場合は、郵便法違反になるんじゃないですか」

石井が答える。

「なら……」

結城が言いかけたのを石井は制してつづけた。「それを見たって、捨てたのかどうか、わからんじゃないですか。年賀状は消印が押されないし。それより、班長、昭島《あきしま》の産廃の件をどうにかしないと」

「そうだな」

昭島市の大神《おおがみ》公園近くの路上で、廃車にされた車十二台が放置されたという苦情が所轄署に持ち込まれ、その処理を生特隊が受け持っていた。月末までに、不法投棄した業者を捜し出さなくてはならない。

生特隊に持ち込まれる事案は、軽微なところでは客引き行為からはじまり、児童買春といった重大な風俗事件まである。悪質な少年犯罪や商標権の侵害、さらには貸金業法違反や密輸出のからんだ関税法違反など、守備範囲は驚くほど広い。関係する法令は二百五十を上回るのだ。

「それと班長、大事なこと忘れてやしませんか?」

結城は年賀状から目を上げた。

「えっ、なに?」

「川島さんが言ってた占部末雄のことですよ。一度、会って、苦情が出たことを直接話しておいたほうがいいんじゃないですか?」

それが優先されることに、結城はようやく頭がいった。ほうっておけば、また勝手に占部家の婿養子が許可を出してしまうかもしれない。

「そうだ、そうだったな……うん、そうしよう」

2

木曜日、ふたたび、川島正次から「散骨された」という苦情がもたらされた。もう我慢ならないと川島は、直接、占部の家にねじ込みに行った。あいにく、占部喜代がいるだけだった。車椅子にすわっていた喜代に、川島は散骨した人間がおいていった火葬許可証を見せられ、「勝手に末雄がしてるんだから、文句があるなら末雄に言いなよ」と追いかえされたらしい。

そうした子細《しさい》を生特隊副隊長の内海の口から聞かされ、あげくに、おまえたち、どんな対応をしてきた、幼稚園のガキじゃあるまいし、と怒鳴りまくられた。散骨を許していた事情を話したが、内海は耳を貸さなかった。それより、体面を傷つけられたことへの怒りが先立った。

「ばあさん、空約束《からやくそく》だったなあ」となりにすわる石井が口惜《くや》しそうに言った。

同感だった。

東名高速横浜《よこはま》町田インターから下りてすでに十五分、生活安全特捜隊本部のある文京《ぶんきょう》区《く》の富坂庁舎を出てから一時間半がすぎている。

今度こそという思いを抱いて、占部家の調べだけは進めた。

「そうはいっても、イッさん、あの家の奥さんは予備校に勤めてるから、日中、ばあさんひとりだろ。そこに、例の業者がやってきて、茶飲み話のついでに火葬許可証を見せられたりしたら、あのばあさん、いいよって請《う》け負ってしまうと思うぞ」

「でも、約束は約束でしょうが。今日は少し、締《し》め上げてやらないと」

「まあ、主任、相手はお年寄りじゃないですか。穏便《おんびん》にいきましょうよ。穏便に」ハンドルをにぎる小西康明が、バックミラーをのぞき込んで言った。

内海の怒りを知らない者の言い草だ。

結城は、占部智子から聞かされたことに妙に引っかかりを覚えた。

占部智子によれば、夫の末雄は、車のセールスマンをしていたが、結婚してすぐ、やめてしまったという。それから何度も職を変えて落ち着いた勤務先は、本町田にあるコンビニの配送センターだった。そこを訪ねてみたものの、末雄は去年の七月、すでに退社していた。末雄が写っている社員旅行の写真一枚を手に入れたのみだった。

同僚たちの話から転職先をたどると、末雄は相模原にある大手運送会社の下請けにある運輸会社で長距離運転手になっていた。そこも、サラ金の取り立てがくるようになり、十二月末から欠勤し、以来、一度も顔を見せていないらしかった。都内の運送会社にいるという噂《うわさ》を最後に、雲に隠れるように末雄の行方はぷつんと途切れた。入間の実家に問い合わせても、かれこれ三年近く姿を見せていないという。

その運送会社に提出していた住所は、本町田にある萩《はぎ》の台《だい》団地四号棟《とう》202号となっていたが、そこは赤の他人が入居していた。

町田署の生活安全課に問い合わせてみると、意外な事実がわかった。末雄の妻の智子は、二年ほど前、夫の暴力に悩んで町田署にDVの相談をしていたのだ。対応した女性相談員によれば、末雄はもともと気分の浮き沈みが激しく、その場の気分次第で、平気で手を上げるような男だったという。はじめて手を出したのは、三年前の冬。智子の三十五歳の誕生日だ。そのときも虫の居所が悪く、いきなり腹に蹴《け》りを入れられたという。それから、堰《せき》を切ったように暴力行為がひどくなり、相談にきたときには、智子の全身はアザだらけだった。そのときに撮られた写真の画像を送ってもらったが、見るも無惨《むざん》で、右背中と左腕に打ち身の傷、おでこには、ひっかいたようなみみず腫《ば》れが走っていた。

「それより、小西、残った一件はどうだ？　また、例の〝旅立ち之友社〟だったか？」

「いや、ネットでしたよ」

「じゃ、直接か」

「そういうことですね」

「そうですすと言え、ばか」

石井がうしろから小西の頭をこづいた。

これまで散骨した八件の家族について、石井が主任をつとめる第二組が手わけして調べた。その結果、旅立ち之友社のような業者を通じてあの場所で散骨をした家族が五件。残りのうち二件はインターネットの書き込みを見て、直接、占部家を訪ねて散骨を依頼していた。最後の一件もネットで、あの場所を探し当てた。そもそも、占部家の所有地で散骨ができるという噂が広まったのは地元の高校生あたりが出所のようです、と小西はまくしたてた。

ネットの〈自然葬〉というカテゴリーの中で、あちこちのＨＰ《ホームページ》に占部家のことが載っていた。写真はむろんのこと、住所の書き込みがあるブログもあった。書き込みをした人間は、何カ所かで〝Ｓ・Ｕ〟というネームを使っている。占部末雄のイニシャルの可能性が高いように思われた。

石井がふたたび口を開いた。「おい、小西、Ｓ・Ｕの件、ハイ対（ハイテク犯罪対策総合センター）から、なにか言ってきたか？」

「まあ、おっつけくると思いますよ。にしても、ネットの書き込みから、占部末雄が見つかりますかねえ」

「おまえの感想なんて聞いてねえ。こっちからせっつけ。一刻も早く欲しいとお願いしろ」

結城は石井の言葉に耳をそばだてた。どうやら、そこそこやる気になってきているらしい。

「へいぃ、了解」

ハイ対はコンピュータ犯罪専門の部署だ。生特隊と同じ生活安全部に所属しているので、優先的に調べてくれる。

仲介業者は旅立ち之友社をふくめて三つあり、そのうちのひとつは、今年の四月、占部末雄と名乗る男から、散骨をすすめる電話を直接もらったという。しかし、末雄に関する情報はそこまでで、それ以上の消息はつかめていない。

「イッさん、入間はどうだった？」結城は石井に訊いた。

石井は単独で昨日、末雄の実家のある入間に聞き込みに出向いているのだ。

「末雄が占部智子と知り合った当時のことしかわかりませんでした。結婚する前、末雄は自動車のセールスをしてたじゃないですか。たまたま店に来た占部智子と知り合って、ほんのひと月で養子に行くと親にも相談なしで、勝手に決めたっていうんですよ。三人兄姉の末っ子だから、養子に行ってもおかしくないですからね。ところがオヤジが頑固者《がんこもの》で、養子などまかりならんとどやしつけたそうなんですよ。それで、勘当《かんどう》同然で家をおん出されたようです。ここ三年ほど顔も見ちゃいねえが、あのくそ坊主、どうしたって……まあ憎々しげに言ってましたよ」

「それだけ？」

た。


「ええ、それだけ」

高卒で自動車のセールスをしていた男が、大卒の才媛《さいえん》と知り合って有頂天《うちょうてん》になった。女から切り出された養子の話に、後先なく飛びついたのだろう。

車は谷戸に入った。小西が、めいっぱい効《き》かせていたクーラーを切って、車の窓を開けた。午前十時。風はまだいくらか涼しい。山道を走り抜けて、占部家の玄関先に車をつけた。


さあ、今日こそすべてに片をつけなければ。

言っては悪いが、散骨ごときにいつまでも付き合っている気分にはなれない。

軽い事案の多い生特隊とはいえ、やるべき仕事はいくらでもある。

開けはなった縁側の奥にあるソファーに、喜代が深々と沈み込んでいた。

「おばあちゃーん、こんちは」

石井が声をかけると、占部喜代はつえを使って大儀そうに身を起こし、身体《からだ》をこちらに向けた。車椅子は使っていない。

智子は働きに出かけて不在だった。

「あ、いいよいいよ、そのままで」

喜代は大儀そうに、姿勢を元にもどした。

「昨日、また散骨があったんだって？」

喜代はうなずいた。「だってさ、あたし、こんな身体じゃ、相手にできないだろ。いきなりきたんだからさ」

ネットを見て、直接やってきたのだろう。

石井が遠慮なしに上がり込み、昨日、散骨した家族が持ってきた火葬許可証のコピーのありかを訊いた。それはテレビの上にあった。

世田谷区在住の八十五歳になる男性の火葬許可証のコピーだ。業者を通じてきたのではないことを確認し、結城は名前と住所をメモすると、元の場所にもどした。

竹藪《たけやぶ》を吹き抜ける風の音が心地よかった。しめった山の土を吸った風が半開きになった窓から入ってくる。結城は胸一杯、空気を吸った。これなら、日中も冷房なしですむだろう。

喜代が身体を前に倒し、麦茶の入ったポットから注ごうとするのを、石井が代わって喜代の湯飲み茶碗《ぢゃわん》に注いでやった。

「悪いねえ」そう言うと、喜代はすするように飲んだ。

「おばあちゃん、ひとりでだいじょうぶなの？」

「昼間はヘルパーがきてくれるからさ。夕方は六時にゃ智子が帰ってきてくれるから、それまでの辛抱だよ。それより、あんたがた、末雄に言ってやったのかい？」

「それがさあ、ムコさん見つからなくてさ。こっちも困ってるんだよ」

「ふーん、好き勝手なこと抜かしてからに」

「なに？　それ」

「散骨のことだよ。もう十年も昔、亡くなった末雄のじいさまが、骨は海に撒けとか遺言していたらしいのさ。末雄の奴はずっと、そのことが頭にあったにちがいないんだ」

「ほー、だから、ムコさんが散骨のことを広めたわけか」

「あったりまえだろ」

「ねえ、おばあちゃん」石井は喜代のわきに膝をついた。「末雄さん、娘さんにつらくあたってたそうじゃない？　本当？」

喜代の目がすっと細くなり、落ち着きなく左右に動き出した。「ひどいもんだよ、あのばか。自分がろくに稼ぎもしねえで、智子に好き放題しやがって。こぶしで、がんとやるんだよ、こぶしで。見てられなくてさ。いつも、目ぇつむってたよ」

やはり、ＤＶは本当だったようだ。

「この二、三年ずっとそうさ。家の金ぜんぶ持ち出して馬に使っちまうし、金かえせって金貸しの男がくるし、もうこりごりだよ、あんな奴、さっさと見つけてもらってさ、すぐ離縁だよ」

「娘さん、ずいぶん、我慢してたみたいですね？」結城が口をはさんだ。

「あの子はあの子で変なんだよ、あんなになったって、あのばかといっしょに競馬場くっついて行ったりするしさ。顔、こんな腫らして帰ってくるんだよ。このあいだだって、末雄から電話かかってきて、ちょっと行ってくるって出て行ったきり遅くまでもどってこないんだ。でも、ちゃんとわかってるんだよ、こっちは」

「へえ、いつ?」

「今月のはじめだよ。化粧していそいそ出かけてくんだから、すぐわかっちまうよ」

「じゃあ、娘さん、旦那さんの居場所、わかってるんじゃない?」

「わかっててもあたしにゃ教えないよ。あれは別の女のとこにいるんだ。町田だか、新宿だかのデパートに入ってるそば屋の女だよ。もう、この正月に出ていったきりもどってこないよ。智子は知ってて、のこのこ金もって出かけてくんだから、お人好しだよ、まったく」

末雄が家に寄りつかなくなったのは、この母親のせいではないかと、ふと結城は思った。

女房は女房で、末雄に未練があるのだろう。十年つれそった仲だ。三十五を超えたいまでも、簡単に別れることはできないのかもしれない。そうでなければ、警察にかけ込む前に離婚届を出しているはずだ。ひょっとすると、散骨にしても、夫婦が納得ずくでやっているという可能性も否定できない。理由は金だ。一回の散骨につき五万円が入るのだ。月に二度なら十万円。けっこうな実入りだ。

それにしても、厄介《やっかい》なことだと結城は思った。この見立てが合っていれば、智子は夫とぐるになって、散骨をさせていることになる。しばらく、苦情とのイタチごっこになりそうだ。

占部家を辞すと川島正次の家に出向いた。もう少し様子を見てくれないかとなだめて、帰路についた。

車の床にある黒いビニール袋がずっと気になっていた。年賀状がぎっしりつまった袋だ。結城専用の車なので、散骨を見た日から置いたままなのだ。いつ石井に捨てられるかと思っていたが、いまだに同じ場所にある。あの日から一度も中をあらためていない。いや、見る気にはなれない。

もう今日限りにしたかった。これ以上、家庭内のいざこざに首を突っ込むのもどうかと思う。それも、よりによって夫婦間の問題だ。いくらＤＶがらみとはいえ、すでに町田署に届けも出されている。もはや部外者が介入するべきではない聖域に踏み込んではいないか……。ただ、手早く事案の処理を済ませるには、当事者に会うしかない。結城はそんなことを思いながら、

「イッさん、末雄の件、智子と直接会って、話を聞くしかないんじゃないかな？　どうだろう、予備校へ行ってみるというのは」

と言って、自分の見立てを話した。

「ぐるということですか……もしそうなら、あの女房、簡単に認めるでしょうかね？」

「それはあるけどさ」

「ほかから攻めてみる手もあるんじゃないですか」

石井はそう言うと生徒の解答を待つように、結城の顔をのぞき込んだ。

「そうだな……先に町田駅のデパートに行くか？」

生特隊に来て四カ月、石井の意をくむことにも慣れてきた。

いいところに気がついたとばかり、石井は運転手の肩を叩いた。「おい、小西、行く先変更だ」

「はいぃ、町田駅へゴー。それからですねえ、S・Uの件、発信場所が特定されたそうです」

「どこだ？」

「新横浜のネットカフェ」

「へっ、そんなことだろうと思ってたよ、ねえ班長。そっちからは追えないですよ」

もともと、そんなところまで追う気はないし、追ってもむだだろう。

「聞き込みで末雄の女が見つからなかったら、どうしますか？」小西が意外なことをつぶやいた。

「そうなったら、おめえ、ネットから追えば済むだろうが」石井が返した。

「そんなもんですかねえ」

ふたりのやりとりを聞きながら、結城は漠然と不安を覚えた。今日を限りと思ってはいるが、別建てのメニューを用意しておいたほうがいいのかもしれない。

「こっちが終わり次第、新横浜ということにするかな」結城は言った。「それから小西、デパートのあと、ちょっと寄ってみてくれないか?」

結城がその郵便局の名前を口にすると、石井はとがめるような顔で結城の目をのぞき込んだ。

「末雄となんの関係があるというんです?」

「いや……まあ」

「年賀状のことを調べてなんになるっていうんですか? それに」石井はつづける。「その郵便局に妙な圧力かけると、神奈川県警から、うちの上のほうへ文句が入ってくるかもしれませんよ」

「どうして?」

「その郵便局は酒手町ですよ。わかってますか? 神奈川県ですよ」

石井はなにもわかっちゃいないというような顔で地図を寄越《よこ》した。

結城はいぶかりながら、町田近辺のページを広げた。小野田町のすぐ南に境川《さかいがわ》が東西に流れている。その境川が東京都と神奈川県の県境になっているのだ。年賀状の宛名にある酒手町は、占部家のある谷戸からほんの一キロほど南にある。相模原市だ。

「そうか……」

「そうかじゃないですよ。このあたり、いつも神奈川の連中ともめるんだ。覚悟決めてかからないと」

弱り顔の結城を見て、石井は助け船を出した。「行ってもいいですけど、条件があります」

「えっ、なに？」

「向こうの連中がどう出ようと、郵便法違反で告発しろなんて焚《た》きつけないでくれませんか？」

「しないしない、そんなこと絶対しないから」

「散骨や、掘り出してみれば、賀詞のヤマ」

調子に乗って、ハンドルを握る小西がへたな句を詠《よ》んだ。

3

町田駅のデパートで聞き込みをしたものの、末雄の浮気相手は見つけることができなかった。そのあと、酒手郵便局を訪れた。用向きを話すと、応接室に通された。郵便課長をともなって局長が現れた。

ビニール袋につまった年賀状の束を見せられて、ふたりは絶句した。

ふだんなら先鞭《せんべん》を着ける石井は、だまりこくったまま、冷ややかな目で様子見をしている。結城は麦茶の入ったコップを端に寄せて、テーブルに年賀状の宛名面を上にして広げた。

「酒手一丁目と二丁目ばかりです。しかも、世帯ごとにまとまっている。どう思われますか？」

「えっと……どちらで拾われたとおっしゃいましたか……」五十歳くらいの局長が青ざめた顔で訊く。

結城が発見場所を伝えると、郵便課長が住宅地図のページを繰りはじめた。

それはすぐに見つかった。山の中に、ぽつんと一軒だけ〝占部〟と書かれている家がある。結城はその家の横を指さした。拾ったのではなく、この家の裏手にある林から掘り出したのだと伝えると、局長は首をすくめるように、郵便課長と顔を見あわせた。

「お訊きしますが、今年の正月、酒手一丁目、二丁目の区域は、だれが年賀状を配ったんですか？」

結城の言葉が耳に入らないかのように、局長がつぶやいた。「あの……いつ、これを拾われたのでしょうか？」

「先週の日曜日」

「どういったご経緯で……？」

「それはこの際、関係ないでしょ。本来ならそちらの本部監察に届けるべきところを、こうして持参申し上げた。お嫌なら、これからそちらに持っていきますが、どうします？」

局長はごくりと唾《つば》をのみ込むと、だまり込んだ。監察という言葉がこたえたようだ。

「ねえ、局長さん、配達しなかった人間を捕まえようとか、そういう気はないんですよ。こちらとしても、未配達であるかどうか、立証するような手間をかける暇《ひま》はありませんから。だいいち、そちらから被害届を出してもらわないと、捜査に着手することもできませんからね。ゆきがかり上、参考にしたいまでで、こちらの局のミスを表沙汰《おもてざた》にする気はないんです。どうですかね？」

「……参考ということですね」ずる賢そうに、局長は上目づかいで結城を見やった。

「そ、そういうことでしたら、なあ、杉本《すぎもと》君」

顔を見あわせると、郵便課長は、では、調べてまいりますと小声で言って、席を立った。

「こちらでも年賀状の配達はアルバイトを雇っているのですか？」結城は訊いた。

「あ……はあ、まあ」

「中学生？」

「いえ、高校生以上ですけど」

「正月三日間限定で配達させるわけですね？」

「いえ、そう簡単にはいきません。研修かたがた冬休みに入るとすぐに、来てもらってます。配達は自転車です。ざっと十日間から、長い子は二週間ほどです」

「そんなに」

「はい、家を覚えてもらわないと戦力にならないものですから、年末にかけましては、受け持ち区域の地図を持たせまして、少しずつ定型の郵便物の配達もしてもらってます。なにしろ、最近では元旦は、午前中に配達を終える旨の命令が上からきているものですから」

「それは厳しいですね。すると、この年賀状は、その締め付けが原因で、午前中、配達できなくなった配達員が家に持ち帰ったものとも考えられませんか？」

「いえ……それはありません」

局長がきっぱりと言ったので、結城は不審に思った。

「元旦に配達する分については、前日に区域の地図と合わせまして、世帯ごとに前もってまとめておきます。一部、寝たきりのご老人世帯などはのぞきまして、配達がないという家庭はほぼゼロに近いんですよ。それでも、元旦分は万全を期します。アルバイトには各戸の地図を持たせて配達済みの家に必ず印をつけるように指導しています。配達が終わったのち、その地図をわたくしどもが再度チェックしまして、未配達の家がないかどうかを確認するわけです」

「でも、洩れが出ることもあるでしょう？」

「いちばん多いのは、両隣の家にまちがって入れてしまった場合です。わかり次第、そのお宅に伺って年賀状を引きあげ、本来のお宅に届けております。それに、元旦分につきましては、なにも配達されない場合、局に電話が入りますから。今年はそうしたことは、ありませんでしたし」

「おかしいですね。捨てられた年賀状は、世帯ごとに何軒分もありますよ」

「それがですね、拝見したところ、多いところでひと世帯十枚、ほかはまぁ、三、四枚ということは……かりにですね、これらが捨てられたものとしますと、二日以降に配達されるべき年賀状だったのではないかと思われますが」

「どうしてですか？」

「以前は正月の二日は配達をしなかったのですが、いまは配達しています。ただ、二日以降につきましては、元旦にほとんどの年賀状が届いておりますので、万が一、届かないということがございましても、局に『届かないぞ』という通報が入ることはめったにございません」

「ほー……二日以降の年賀状も、午前中いっぱいに届けなくてはなりませんか？」

「いえ、元旦以降は、通常通りの配達になります」

「では、配達する枚数が多すぎて配達しきれない、ということはありえませんか？」

「元旦分はさすがに多いのですが、二日以降はぐっと減ります。それに局としても、アルバイトの方々には非常に神経を使っておりまして。正直申して捨てられたりするのが怖いものですからね、もし配達しきれなかったら、遠慮なく局へ持ち帰ってくれと指導しておりますし。それに、年末のうちから、アルバイトの配達ぶりを見ていて、こちらとしても個人個人の能力を把握しておるつもりですから、まちがっても捨ててしまうなんてことは考えられませんが……」

ドアが開き、郵便課長がファイルをたずさえてもどってきた。局長に見せてから、それをこちらに向けた。

臨時アルバイトの氏名と住所、生年月日、受け持ち区域の一覧表だ。

「こちらになりますけど」

郵便課長がさした欄に、〝八木裕介《やぎゆうすけ》〟という名前があった。

八木の住所は相模原市河野辺《かわのべ》六丁目。酒手町のとなりだ。年齢は十六歳。受け持ち区域は、酒手一丁目と二丁目。埋められた年賀状と同じ区域だ。アルバイト期間は、前年十二月二十四日から一月七日まで。本人のカラー写真もついている。

結城は目の前に並べられた年賀状を指さして言った。

「これは、この八木くんの受け持った分と見ていいわけですね？」

「ああ、はい……よかろうかと思います」

「……この子はどういう子です？」

「はあ、物覚えのいい子でした。高校一年生です。今年がはじめての子です。身体は小さいのですがハンドボール部にいるとかで、自転車を漕《こ》ぐのも機敏でした。研修期間中も、もどってくるのは早かったですし、正確でした」

「配達しているのを、ちゃんと確認しましたか？」それまで、黙ってファイルの中身のメモをとっていた石井がようやく口を開いた。

「ええ、はじめはうちの職員がつきますから。ほめられてましたよ」

「それでも、高校一年生でしょ。まだ子供じゃないですか。配るのが面倒くさくなって、自宅に持ち帰ったということは考えられませんか？」

「いえ、元旦の分に比べるとさほどの枚数はなかったと思われます」

いやしかし、と結城は思った。年賀状を捨てたのは、八木裕介と見てまちがいないのではないか。ほかに考えられない。ひょっとして、八木裕介は、占部家のクヌギ林で散骨した家族の関係者ではないだろうか。

あの場所が散骨地として、地元の高校生のあいだで話題にのぼりはじめたのは、二月の後半。それまで、八木裕介はこっそり、自宅に隠していたのではないか。そして、散骨の日を迎える。かりに埋めたのが八木裕介であったとしても……なぜ、あの場所に埋めたりしたのだろう。

——人の遺灰を撒く散骨地。

それ自体が聖地扱いだ。万が一、埋めたとしても、掘り出される危険はない。そう思ったのかもしれない。埋め方が中途半端だったせいで、結城が見つけてしまったのだ。

もうひとつ、解《げ》せないことがあった。八木裕介はなぜ、枚数の少ない二日以降の分を捨てたのか。配達が面倒で捨てるなら、二日分ではなく元日分ではないか。

郵便局を出た。この件……いや、ヤマはまだ簡単に済みそうにない。明日の新宿と新横浜行きは確定したも同然だった。とにかく、占部末雄と直《じか》に会って、ことの是《ぜ》非《ひ》を問いただすしかないだろう。

車の中で石井がしきりと自分がとったメモを見ていた。その意味がわかるのは、しばらくあとのことだった。

4

翌日。結城は新横浜に出向いた。占部末雄がネットの書き込みで使ったネットカフェは、新横浜のアリーナ通りにある雑居ビルの四階に入居していた。新宿のデパートの聞き込みは別の組に任せてある。

午後十二時半。ウイークデーのせいか、客は多くなさそうだった。

受付に立つ若いアルバイト風の女に用件を伝えると、黒チョッキを着込んだ三十がらみの店長が現れた。阿部《あべ》と名乗った。

受付脇にある狭《せま》い事務所に案内された。腰を落ち着けたソファーには、コーヒーや飲み物をこぼした汚れがついていた。

結城は用向きを伝え、ハイ対からもらったパソコンのIPアドレスを見せた。占部末雄が書き込みのために使ったと思われるパソコンは、このネットカフェの中にあるのだ。

書き込みをした日時は今年の二月二十日を皮切りに、今月の五日まで実に十二回。すべて、同じIPアドレスを持つパソコンから行われている。つい先日まで、占部末雄はここにきていたようだ。

「このパソコンなら、すぐわかりますけど、ご覧になりますか?」

「ええ、是非」

書き込みをしたパソコンのあるブースに案内される。

阿部はシャワー室の横にあるブースの前で立ちどまり、ドアをあけて中を見せた。一坪弱のスペースに、背もたれのついた椅子《いす》があり、壁に造りつけになっているテーブルの上に液晶モニターとパソコンがおかれていた。

「たしかに、ここなんですね？」結城はあらためて訊いた。

「このIPアドレスなら、こいつにまちがいないですけど」

「わかりました。この名前の会員が使っているはずですが、登録カードをお見せ願えませんか？」

メモ用紙に占部末雄と書いて阿部に渡すと、阿部は、しばらくお待ちくださいと言って、事務室にもどっていった。

そのとき、結城の携帯が震えた。新宿駅のデパートに聞き込みに入っている土田の組からの連絡だった。

「たったいま、占部末雄の浮気相手を見つけました。森村宏美《もりむらひろみ》、三十三歳、独身。ここのそば屋で働いています」

「末雄のことはぶつけたか？」

「もちろん。森村は末雄と男女関係にあったことを認めましたよ」

「いまも付き合っているのか？」

「いえ、去年の暮れに喧嘩《けんか》別れしたそうです」

「去年の暮れ？」

「いまは別の男と付き合っているそうです。同じデパートの紳士服売り場に勤務する男だそうです。これから、その男に当たって確かめてみます」

「たのむ」

携帯を切った結城を、石井がにやにやして見ている。

「見つかりましたか?」

「ああ」

結城は土田から聞いたことを話した。

「どうしようもないですな、末雄って野郎は。女房いたぶるだけじゃ気がすまねえんだから」

「まあ、いいじゃないか、末雄につながる手がかりが出てきたんだから。森村を叩けば、末雄の居所くらいわかるはずだよ」

「そうだといいんですけどね」

阿部が手ぶらでもどってきたので、結城は奇妙に思った。

「ありませんけど」阿部が言った。

「ない?」

「はい。うちの会員で、占部末雄さんという方はいませんよ」

結城は石井と顔を見あわせた。

「阿部さん、そんなはずないんだけどな。もう一度、調べてくれないかな」

石井に言われて、むっとした顔で阿部は答えた。

「だから、ないですって。うちは全部、パソコンで会員を管理しているんですよ。そんな名前でヒットする会員はいませんでした。何度やろうが、同じです」

「そこをさぁ、もう一度やってみてくれないかって頼んでいるんじゃないですか」

結城はふたりのあいだに入った。「阿部さん、名前じゃなくて、このブースを使った会員の名前を調べられないかな?」

阿部は目を見開いた。

「無茶言わないでくださいよ。いったい、何人が使ったと思うんです。できっこないですよ」

「そこをなんとかさ、ほら、このあいだに限定して使った人間だよ」

結城はもう一度、IPアドレスの記された紙をさし出した。アクセス記録が一覧で印刷されている。

それを見ると、阿部はしぶしぶ事務室にもどっていった。

十五分近く待たされた。ふたたび現れた阿部は、自信ありげにA4のチューブファイルを開き、そのページを見せた。

手書きの申込書だった。身分証明らしきものも添付されている。それを見て、結城は驚いた。

生徒証のコピーだった。氏名欄にある名前を穴の開くほど見つめる。貼《は》られた写真を見まがうことはない。

八木裕介。

どうして、こんなところに八木が現れたのか。

イニシャルにすれば、Y・Y。

まちがっても、占部末雄を表すS・Uにはならない。八木の会員登録日は今年の二月九日、土曜日。

これまでのことを思いかえしながら、結城は考えをめぐらした。

八木裕介が占部家のクヌギ林を散骨地としてネットで広めていた。……ありえないことだが、記録からすればそれは確かなことのようだ。

いや、待て。

かりに、あの場所を散骨地として有名にしてしまえばどうなるだろうか。散骨地として広く利用されるようになれば、他人が勝手に掘り返すこともない。そうなれば、八木が埋めた年賀状は永遠に土に埋もれたままだ。八木裕介はそう計算したのか？

しかし、なぜ、八木は占部末雄の名前を騙《かた》る必要があるのか。

結城は、八木裕介が夜分、たったひとりであのクヌギ林を訪れ、暗がりの中で、穴を掘り年賀状のつまった袋を埋める作業をする場面を頭に描いた。

隠し場所としてはもってこいだ。配達区域から自転車でほんのひとっ走りの距離にあに年賀状を埋めたのか。合点がいかなかった。

いくらでもあるのではないか。焼いて捨てるという手もある。どうして、あのような場所

る。しかし、わざわざ、あんなところに埋めなくても、もっと近場で見つからない場所は

　午後三時半。さんさんと降りそそぐ直射日光が、地面を熱していた。広い校庭では、野球部員たちが砂ぼこりをたてながらシートノックに専念している。ライト側にある樫《かし》の木の陰で、陸上競技用のブルーの短パンをはいた少年が座り込み、ペットボトルの水をうまそうに口に運んでいた。

「深谷《ふかや》くん？」

　石井が声をかけると、少年はボトルから口を離して、石井と結城を見上げた。

「少し、訊きたいことがあってね。邪魔だったかな？」

「いえ……べつに」

　警察だと名乗っても、深谷は特に怪しむ素振《そぶ》りは見せなかった。

　顔はこんがりと日に焼けている。

「もう、練習は終わったのかな？」

「はい、今日は午前で終わりでしたから」

「君だけ、居残って練習か。大変だな」

「はあ……まあ、もう上がりますけど……なにか用ですか？」

「事件とかそんなんじゃなくてね。少し調べてることがあって、生徒さんたちの話を聞いて回ってるんだよ」

「ああ、そうですか」

「今年の冬、君は郵便局で年賀状配達のアルバイトをしたね？」

「ああ……はい」

「君が受け持った区域は酒手の四丁目だったよね？」

深谷は自分について調べ上げられていることを知って、表情をこわばらせた。石井が郵便局の応接室でしきりとメモをとっていたのは、アルバイトたちの名前と担当区域だったのだ。

警戒を解かない深谷の脇に石井が腰をおろす。結城はカンカン照りの日向《ひなた》に立ったままだ。

「ほかでもないんだけどさ、年賀状、配ってるとき、なにか気にかかることあった？」

深谷は細い眉根《まゆね》をよせて、石井を見やった。「気になることって……なんですか？」

「配達してたとき、配達先から怒られたりとかさ。なんでもいいんだよ。年賀状がなくなったりとかね」

深谷はふと思いあたることがあったかのように、目を細めて野球部員のいる方向に目を向けた。「そういえばとなりのクラスで、年賀状がこないぞ、っていう噂があったみたいですけど……ぼくじゃないですよ。そいつが住んでるところは酒手一丁目のほうですから」

結城は深谷の正面に立った。

「その地区を配達していた子の名前、教えてくれないかな？」

「なにも、君から聞いたなんて言わないからさ」石井がかんでふくめるように言う。「だいいち、その生徒には関係のないことだし、直接会いに行くわけでもないから。約束するよ。教えてくれないかな」

「……あの、もしかしたら八木のことですか？」

「ああ、八木……うん、そう彼だ」石井はしらばっくれて、結城の顔をうかがった。「たしか、その子も年賀状のアルバイトをしてたね？」

「あいつの受け持ち区域ばかりだったんですよ。そんな話が出たのは。で、あいつ、三学期の頭に柔道部の奴に武道場に呼び出されて……」

深谷はそこまで言うと口をつぐんだ。

「いじめられた？　年賀状を届けなかったせいで……」

深谷は否定しなかった。

「その柔道部の子の名前は？」結城が、矢継ぎ早に訊くと、石井はとがめるように結城をにらみつけ、深谷の肩に手をおいた。

「ああ、ごめんごめん、いいんだよ、そんなこと。班長、そろそろ帰りましょう」

石井が結城の肩を抱くようなポーズをとると、深谷の口がわずかに開いた。

「……磯部剛《いそべごう》です」

「その磯部というのが、八木くんをいじめていたんだな？」決めつけたふうに結城が言うと、深谷はこくんと頭を下げた。

「でさ、深谷くん。ひょっとすると、ほかにも八木くんをいじめてた生徒がいるんじゃないかい？」すかさず、石井が付け足す。

「たぶん……二、三人はいたと思うけど」

「そうか、そうか。八木くんも大変だったろうな。よくわかったよ」

「……ちがうよ、いい気味だよ」突然、深谷は声を荒らげた。「あんな奴、いじめられて当たり前だ」

聞き捨てならなかった。結城は石井に目くばせして、それから先を訊き出すように促した。

「なにが理由にせよ、いじめはよくないなぁ」

「だって、しょうがないじゃん。年賀状捨てちゃったんだから」

石井は驚いた様子で結城に顔を向けた。

八木裕介はやはり、配達するべき年賀状を配達しなかったのだ。それは生徒たちも知っていた。八木はそれが元で、生徒たちからいじめを受けていた。問題はそのあとだ。郵便局に告げ口でもされたら、たまったものではない。もしかしたら、あのクヌギ林に埋めたことを知っている奴もいるかもしれない。そう思いはじめると、八木は不安にかられた。あの場所に埋めたことが露見してしまえば、とりかえしがつかないことになる。八木は必死になって考えをめぐらせた。

苦心惨憺《さんたん》の末、だれもそこに近づけない方法を思いついた。それが散骨だった。散骨地としてあの場所が定着すれば、まさか自分が埋めた年賀状を掘り出すような輩《やから》は現れないだろう。そのために、ネットで占部末雄の名前を騙って、散骨地としての噂を広めた。それが、埋められた年賀状の顚末《てんまつ》なのか……。

5

「班長、どうしました?」ハンドルを握る石井が言った。「年賀状の件は一件落着でしょ?」

車は東名高速に上がり、横浜に入っていた。

「うん……まあ」

「まさか、郵便法違反容疑で訴えろって、局員、焚きつける気じゃないでしょうね？」

「しないしない」

「八木だって充分罰が当たってるんだから、もう、この話はこれっきりにしましょうや」

「でもなイッさん、どうしてあんなところに年賀状を埋めたりしたんだろうな？　それに、浅すぎると思わんか？　もし、おれだったら、もっと深く掘って、絶対に見つけられないようにするけどな」

「それが今どきの子供ってもんですよ。ろくに土もさわったことないでしょうから」

「配達が面倒といっても、二日以降、量はがくんと減ったはずだろ。配達できないわけはないと思うけどな」

「風邪でもひいたか、夜更かしでもして、体調、くずしてたんじゃないですか。まだ子供ですよ。ほかになにがあるっていうんですか？」

「…………」

結城は床の年賀状のつまったビニール袋を開けて、中身をとり出した。

一枚一枚、宛名を見ていく。やはり、酒手以外の宛名は一枚もない。

結城はまたひとつかみ、年賀状をとり出してながめた。

そのうちの一枚が、はらりと手からこぼれて床に落ちた。

拾いあげようとしたとき、石井が言った。「散骨の業者連中はどうします？」

むしろ、散骨を手配した業者への聞き込みを徹底すべきだろう。

「手分けして、回る」と答えて床に目をやると、そこに落ちていた年賀状に書き込まれた名前が目に飛び込んできた。

〈占部智子〉

ハガキの左下にある送り主の欄。手書きだ。記されている住所も、あの占部家のものだった。手にとってながめた。

宛名は〈磯部剛〉となっている。住所は酒手一丁目。

いましがた、野球部の深谷から聞いた名前ではないか……。

裏返して文面を見た。

日の出をあしらったイラストに、印刷された「謹賀新年」の文字。

その横に万年筆で三行、流れるような達筆で書かれている。

〈剛君が希望通りの高校に入れて先生は、少し鼻が高いです。高校生活はきっと楽しいでしょうね。また、なにかあったらいつでも相談に乗りますから訪ねていらっしゃい。また会える日を楽しみにしています。あなたの特別教師より〉

磯部剛は占部智子が講師をしている予備校の生徒だったのだろう。

特別教師……会える日を楽しみにしている……少しずつ、結城は八木裕介が年賀状を捨てた本当の理由がわかりかけてきた。遠く離れたあの場所になぜ埋めたのかも。いや、ひよっとしたら……。

「イッさん、川崎インターでUターンしてくれ」

「なんですって?」

驚いた表情でバックミラー越しに石井は結城の顔を見やった。

「言うとおりにしてくれ」

「り……了解……で、どこへ行くつもりですか?」

占部智子のいる予備校の名前を口にすると、石井は怪訝そうに結城をにらみつけた。

町田に舞いもどり、占部智子の勤務する予備校を訪れた。小学生から二十歳前後の若者まで、幅広い年齢層の学生たちでにぎわっていた。幸い、智子は授業中だった。事務員に去年、予備校で占部智子の授業を受けた中学三年生の名簿を拝見したい旨を申し出ると、小冊子を渡された。総勢、百二十三名。アイウエオ順になっており、磯部剛の名前はすぐ見つかった。末尾に近いページに、八木裕介の名前を見つけた。磯部も八木も、野球部の深谷と同じ私立の高校に入学している。磯部と八木はともに、占部智子の授業を取っていた。

予備校を辞して車にもどった。

石井にもう一度、占部智子が磯部剛に送った年賀状の文面を読ませた。

「……特別教師ですか」石井が口を開いた。「親密なお付き合いをしていたんですかね。班長はどう思います？」

「そう思うよ。ひょっとしたら、親密以上の関係だったかもしれない」

「そこに八木裕介が登場してくるわけですか……。こいつが、占部末雄の名前を騙って散骨の噂をばらまいた」

「ひょっとしたら、八木裕介は占部智子に頼まれて、散骨の噂を広めていたのかもしれない。いずれにしても、キーマンは占部末雄だな」

「でも、奴は雲隠れしてどこにも姿が見えない。これって、どう考えればいいんでしょうかね？」

結城が推測を語ると、石井はさすがに驚いた様子だった。しばらく考え込んだ末に、

「予備校で占部智子のクラスだった学生に当たってみますか？」

といまだに信じ切れない様子で言った。

「それも要るけど、占部末雄がいなくなった時点を確定しないといけない」

「……ですね。班長の推理が正しいとしたら、末雄の浮気相手だった森村宏美から、別れたときの状況をくわしく聞き出す必要があるな」

「それから、八木が年賀状を運んだルートと日時も」

「うーん、そっちは、どうでしょうね」

「散骨の苦情を持ち込んだ川島正次あたりから聞き出せないかな」

明かりが灯ったように、石井の顔がぱっと明るくなった。

「できるかもしれないですね。あのおっさんなら、心当たりを当たってくれるだろうし
……本丸はどうしますか？」

「八木本人？」

「それと、占部の家」

「そっちは、すきを見て下見するしかないかな。八木のほうは材料がそろった段階で、当たろうか」

「了解。外堀を少しずつ埋めていきましょう。うちの班を全員投入すれば、時間はかからないと思いますよ」

気を引き締めるように言った石井の言葉を結城は力強く感じた。

とんでもない見立てをした自分のことを信じてくれたようだ。しかし、と結城は思った。あまりに現実離れしているように思えてならなかった。それは自分の見立てが外れていてほしいと願う気持ちの表れなのかもしれない。

土中から顔をのぞかせていた年賀状のことを思い起こした。

ひょっとしたら、あれは、このヤマの裏にある真実を掘り起こして欲しいと願う者の所《しょ》業《ぎょう》ではなかったろうか。そこまで思い至ると、背筋のあたりがうそ寒くなった。

6

翌日。午後三時。

結城は石井とともに、占部家を訪ねた。智子の軽自動車はなかった。ヘルパーの車があったので、少し離れたところで待った。三十分後、ヘルパーが辞去するのと入れ替わりに、車を乗りつけた。

車から飛び出ると、結城は石井を急《せ》かすように縁側に向かった。茶の間のソファーにいるはずの喜代の姿が見えなかった。家の裏手にまわろうとしたとき、のっそりと喜代が奥から現れた。

勝手知ったとばかり、ずかずかと上がり込んでいく石井を横目で見ながら、結城はそこを離れた。母屋のとなりにある農機具小屋に足を踏み入れる。

年代ものの田植え機や小ぶりなトラクターが、ほこりをかぶっていた。藁《わら》くずがうずたかく積もり、農薬の空き缶や板切れが散乱して、足の踏み場もなかった。どうしたわけか、いちばん手前に、トラクターに連結して使われる荷台が引き出されていた。平たい荷台は二メートル近くあり、タイヤがふたつ、ついている。トラクターと連結する引き手の鉄棒を持ちあげると、いとも簡単に荷台は動いた。

荷台の手前に鉄の柵《さく》がついている。その柵や引き手の鉄棒は、最近、人が触ったらしく、ほこりをかぶっていなかった。

その鉄柵の根元に黒っぽいものがこびりついているのを結城は見逃さなかった。注意深くその一部をはがし、証拠品押収用のビニール袋におさめて小屋をあとにした。

描いた事件の構図はますます現実味を帯びてきたように思えた。

あともう少しだと結城はみずからを鼓舞《こぶ》せずにはいられなかった。

7

八月一日金曜日。ハンドボールコートに日が照りつけていた。部員たちがゴールポストの前に集まり、シュートの練習をするのを結城は離れたところから見ていた。日に焼けた八木裕介が、部員からパスを受けて、ゴールめがけて思いきりシュートを打ち込んだ。キーパーが思いきり伸ばした足にボールは引っかかり、ポストの外へ弾《はじ》かれた。

もう、三度目なのに、八木は一度もゴールを割ることができない。

練習が終わり、あとかたづけをして部員たちは、おのおの帰宅していく。八木は自転車だ。

校門を出たところで、結城は呼びとめた。

「八木裕介くん……だよね」

「はい」

すっきりした細面《ほそおもて》の顔がふりかえった。スポーツ刈りで、筋張った身体つきをしている。警察を名乗ると、裕介は顔をこわばらせた。

「ちょっと、いいかな?」

結城が問いかけると、ほんの一瞬、疑いの眼差しを向けたが、それを打ち消すように、

「なんですか」と抑揚のない声で言った。

冷房を効かせた車に入れた。

「暑いな」

と言いながら、結城は、年賀状のぎっしりりつまったビニール袋を見せた。そのうちの一枚をとり出して、八木の顔に近づけると、日に焼けた顔がみるみるこわばっていった。

「君が配るはずだった年賀状にまちがいないな?」

裕介は顔をそらした。

脇から石井が、

「まあまあ、班長、やぶからぼうに、な、八木くん。いきなりで悪かったね」

八木は警戒を解かないまま、

「はい」

と小さな声で答えた。

「小野田町にあるクヌギ林で見つかってさ。届け出があったもんだから、郵便局に問い合わせたんだよ。そしたら、君が配ってる区域だとわかってさ。なに、心配することなんかないから。埋めたかどうかの確認だけだからさ」

八木の顔を見て、結城は確信を抱いた。

ここは一気に攻め落とすしかない。

「八木くん、わかってるんだよ」結城はきつい口調で言った。「どうして、あんなところに埋めたんだ。わけを話しなさい」

「班長」石井がいなすように声をかける。「そんな決めつけた言い方をしなくても、なあ、裕介くん」

裕介は緊張の色を隠せないまま、顔を外に向けた。

「なあ、裕介くん」石井がいたわるようにつづける。「ひょっとして、君が年賀状を埋めたのは、磯部剛くんのせいじゃない？」

八木裕介は口を開け、石井の顔を穴の開くほど見つめた。

「当たってる？　まあ、いいや。磯部くんのことは、そっちに置いておくとしてさ。君がこの年賀状を埋めに行ったのはいつのことか、思い出してもらえる？」

「……わ、わかりません」

「今年のお正月じゃない？　二日の午後二時半頃。君が年賀状の配達のアルバイトをしている最中のことだよ。小野田のバス停の前を、君が自転車で通りすぎるのを見かけた人がいるんだけどな。川島さんていう農家の人だ」

「………」

「郵便局の自転車だったし、かごには年賀状がつまっていたから、その人は、覚えていたんだよ。あのあたりは、アルバイトの配達区域じゃないからね。クヌギ林のある谷戸に向かって、猛スピードで、坂を上っていったそうだけど。それって、君にまちがいない？」

裕介の額《ひたい》に玉のような汗が浮き出ていた。日焼けした顔は青ざめていた。Ｔシャツの上に体育の授業で使う紺のジャージを着たその背中が、水をかぶったように汗にまみれていた。

しばらくして、裕介は肩を落とし、顔を下に向けたまま、そうです、と答えた。

結城は石井の顔を見て、小さくうなずくと、

「君が年賀状を捨てたところは、占部先生の家のクヌギ林だね？」

と八木に声をかけた。

こっくりとうなずいた八木に、

「どうして、先生の家の林に捨てたのかな？」

とつづけた。

八木は口をつぐんだ。

「もしかして、裕介くん、君、占部智子先生のことが好きだった?」

石井が柔らかい口調で言うと、八木は、かろうじて聞き取れる声で、はい、と答えた。

「わかってるよ、な、裕介くん、そのことはさ。君だって占部先生と付き合っていたんだしね」

予備校に通っていた学生たちから得た情報だ。占部智子は、授業以外の時間に八木裕介と何度かファミレスで会い、受験勉強に明け暮れていた裕介を力づけていたらしい。

それを裕介は〝特別な扱い〟とかんちがいして、二十歳ほども歳《とし》の離れた教師を恋人のように慕《した》っていた。

しかし、智子が食事をともにしたのは、裕介だけではなかった。磯部剛とは、もっと頻《ひん》繁《ぱん》に食事をする仲……いや、それ以上……磯部剛は二度、肉体関係を持ったと昨日の事情聴取で告白している。

そんなこととは露知らず、八木裕介は自分だけが特別な扱いを受けているものとばかり思い込んでいたのだ。

結城はその年賀状を八木の顔の前に持っていった。

磯部剛あてに、占部智子が送った年賀状だ。

「正月の二日、アルバイトで年賀状を配達していたとき、君は、これを見たんじゃないのか？」

　結城が言うと、八木の視線が落ち着きなく動き出した。なぜ、そこまで知っているのかと言いたげだった。

「わかるよ、裕介くん、君の気持ち」石井がひきとった。「こんなもの見たらたまらない。配達どころじゃないよな。もう、矢も盾《たて》もたまらなくなって、占部先生の家まで自転車で突っ走った。そうだね？」

　八木は目を白黒させて、小さくかぶりをふった。

　磯部剛あてに、智子の字で書かれた甘ったるい文章を目にしたとき、裕介の中で激しい嫉妬心《しっとしん》が渦巻いた。智子は自分だけのものだった。書かれていることの真意を確かめたかったた。どういうつもりで、智子がこんな文面を綴《つづ》ったのか、知りたくてたまらなかった。占部家は配達区域から目と鼻の先にある。気がつくと、県道をまっしぐらに占部家に向かっていた……。

　ここまでは、想像通りだと結城は思った。わからないのは、そのあとだ。

「それでさ、君は先生の家に着いた」石井が言った。「それでいいね？」

　八木が青ざめた顔でうなずいた。

「先生の家に着いた。そのとき、君は見たよね？　それを……」

　石井が言うと、八木の目から大粒の涙が頰《ほお》を伝って流れ出した。

結城はその表情をじっと眺めるしかなかった。

＊　＊

裕介には刑事の顔がぼんやりとかすんで見えた。すべてお見通しなのだと思った。あの日のことが、昨日のことのようによみがえってくる。あの年賀状を見て、配達など頭から消えてなくなってしまった。気がついたときには、先生の家に向かってペダルを漕いでいた。

占部家に着いてすぐ、玄関前に自転車を停めた。こみ上げてくる怒りを抑えることができなかった。先生と会ってなんと言えばいいのか、皆目わからなかった。それでも、腹の底で煮えたぎる怒りはどうしようもなかった。もう、どうでもいいと思った。頭に血が上って、バッグの中にあった年賀状を庭にぶちまけた。

すっとした。

上がっていた息がおさまり、少しだけ気が静まった。仕事にもどる気など失せていた。一目だけでも、先生の顔を見たかった。閉まっていた玄関の戸に手をかけようとしたとき、左手にある農機具小屋の中から、言い争う声が聞こえた。

首筋のあたりがひやりとした。なんなのだろうと思いながら、小屋に近づいて、そっと戸を開けた。

　そこで目にした情景をたぶん、自分は一生忘れない。いや、忘れることなどできるはずがない……。

　男が先生の長い髪を鷲《わし》づかみにして、左右にふりまわしていた。

　男は汚い言葉でなじっている。

　智子の顔面が腫れて、鼻血が出ていた。タイツをはいた膝のあたりも血がにじんでいる。男は尋常ではなかった。空いているほうの手で、拳《こぶし》をふりあげて、智子の顔めがけて叩き込んだ。その場に転がった智子の横っ腹に、蹴りを入れはじめた。裕介はわけがわからなかった。

　このままでは、先生は殺されてしまう……。

　壁に引っかけられた草刈鎌《くさかりがま》が目に入った。後先も考えず、それを手に取った。

　助けなきゃ、先生を……。

　男は先生を痛めつけるのに、夢中だった。自分には気づいていない。

　気がついたとき、鎌を男の首めがけてつきたてていた。鎌の刃が男の首に食い込む。そのままうしろに引くと、男の身体が先生から離れた。

　目の前で血飛沫《ちしぶき》が上がった。はっとして、鎌を離した。

　鎌が地面に転がったと同時に、男が裕介をふり向いた。

見開かれた目が裕介をにらみつけていた。信じられないものを見ている目だった。あふれ出てくる血を右手で押さえながら、にじりよってくる。

裕介はあとずさりしながら、男をよけた。男は前のめりになって倒れると、全身をけいれんさせてから、動かなくなった。

横たわっていた智子と目が合った。智子は一部始終を見ていた。

裕介と顔を合わせた智子の目に、驚きの色が広がっていた。しかし、それもすぐに消えてなくなり、安堵《あんど》の表情が浮かんでいた。

智子はどうにかその場に立った。裕介は手を貸して、小屋から外へ連れ出した。

玄関前に散らかった年賀状を見て、智子は裕介が来たわけを察知した。

呆然《ぼうぜん》としたままでいる裕介に、智子は指示を出し始めた。

裕介は言われるまま、小屋からショベルを持ち出し、クヌギ林を駆け上がった。切り株のあるところにショベルの刃を突き刺した。土の表面は固かったが、三十センチほど掘ると柔らかくなった。すぐ脇で智子が細かく指図する。

「もっと深く……そっちもよ……だめ、もっと広く掘って……」

裕介は無言で従うしかなかった。自分のしでかしたことが恐ろしくて、腰から下ががくがく震えてきた。それに引き替え、智子は冷静だった。

二十分後には、二メートル近い縦長の穴ができた。

小屋にもどった。トラクターの荷台にふたりがかりで末雄の遺体を乗せて、そこまで運んできた。

末雄の足と肩をそれぞれ持ち、裕介の掘った穴に落とした。末雄はぴったりと穴にはまった。裕介は命令されるまま、土をかぶせた。

「あとはわたしが片づけておくから、あなたはもう帰りなさい」

そう言われて、裕介はクヌギ林を飛び出た。自転車にまたがり、一目散《いちもくさん》に占部家から走り去った。年賀状のことがよぎったのは、山を下りて境川にかかる橋を渡ってからだった。町の中を走り回った。一時間後、郵便局にもどり、自転車を返して家路についた
……。

8

山里の朝はそよとも風が吹いていなかった。一点の曇りもない蒼空《あおぞら》から、焼けるような日の光が降り注いでいる。占部家から一段、下がった道路には、捜査車輛や鑑識の車がずらりと列をなしていた。

結城はクヌギ林の中程に立ち、占部家の農機具小屋のまわりで、せわしなく動き回る鑑識員の青い制服を見ていた。小屋の中にも、鑑識員が入って鑑識活動をしている。

「君が掘ったところを指さしなさい」

結城が言うと、八木裕介は小学生のように、こくんとうなずき、切り株のあたりに人差し指を向けた。そこは結城が年賀状を掘り出した場所に相違なかった。

石井がいたわるように裕介の肩に手をおいた。その肩越しに、ふたりの捜査員に連れられて斜面を上ってくる占部智子の姿があった。

結城はショベルを持ったまま、年賀状の埋められていた場所で占部智子と向かいあった。

顔を合わせようとしない智子に、結城はおもむろに声をかけた。

「ここに旦那の遺体を埋めさせたのは、智子さん、あなたにまちがいないね?」

いきなり切り出されて、智子は顔を引きつらせた。

「あの農機具小屋で」と結城は占部家のとなりにある小屋を指した。「今年の一月二日午後二時五十分、あなたは夫から激しい暴力を受けていた。そこに、八木裕介が現れた。彼はあなたを守ろうとして、咄嗟《とっさ》に鎌を手にした。そして、末雄を殺してしまった。……そういうことだね?」

智子は結城の視線を避け、かたくなに口を閉じていた。

一週間前、占部家を訪ねた折、石井はトイレを借りると偽《いつわ》って、末雄の部屋に入った。ビニールテープで末雄のものと思われる毛髪を丁寧《ていねい》に採取して持ち帰っていた。結城がトラクターの荷台から採取した〝ブツ〟とともに、毛髪も科捜研に持ち込んだ。鑑定結果はすぐに出た。

荷台に付着していたのは、人間の血液だった。それは石井が持ち帰った毛髪のＤＮＡと一致した。八木裕介の語った告白は真実であると証明されているのだ。

「町田署の生活安全課から、あなたが夫の激しい暴力にさらされていたことはすべて聞いているよ」結城は声のトーンを変えた。「あなたは長いあいだ、夫から苦しめられていたそうじゃないですか」

「うっ」と智子は口元をおさえ、嗚咽《おえつ》を洩らした。

しばらく、落ち着くのを待ってから、結城は続けた。

「離婚したいと申し出るたびに、末雄さんの鉄拳《てっけん》が飛んできた。あなたはもう限界だったとわたしは思うんですよ」

智子はぐいと顎《あご》を首に押しつけるようにうなずいた。

「八木くんはすべて話してくれましたよ。あの日あったことを。今度はあなたが話さないと……彼はもう、二学期から学校には行けない」

智子の顔に教育者としての影がちらりとさしたのを、結城は見逃さなかった。

「あなたは、八木くんに穴を掘らせて末雄さんの遺体を埋めてから、彼に帰るように命令した。それから、あなたは農機具小屋にもどり、あちこちについていた血をぬぐいとった。裕介くんが使った鎌も水道で洗った。庭に散らばっている年賀状を拾い集めて、ビニール袋に入れ、焼き捨てるためにクヌギ林に入り込んだ。火をつける寸前にあなたは気が変わった。

万が一のとき、これは使えるかもしれない。八木裕介がここに来て末雄さんを殺した証明として。そう思って、あなたは、年賀状に火をつけるのをやめた。そういうことですね？」

「……はい」

ようやく、智子の口から返事らしい言葉が洩れた。

「そのとき、末雄さんを埋めた場所のことを思い出した。遺体はクヌギ林の深い場所に埋まっているし、途中までなら簡単に掘り返せる。そう思って、ショベルを持ち出して掘り返した。二十センチほどのところまで掘り下げると、年賀状のつまったビニール袋を中に放り込んだ。その上に土を覆いかぶせて、足で踏み固めた。……それでいいですね？」

智子は否定しなかった。

「三学期が始まって、しばらくたったある日、あなたが勤める予備校に、裕介くんが訪ねてきた。彼は、『ぼくが年賀状を捨てたとあちこちで言いふらしている奴がいる。どうすればいいですか？』とあなたに相談をもちかけた。その場では、軽く聞き流したものの、あなたはショックを受けた。裕介くんが年賀状を捨てたことが公《おおやけ》になった日のことを考えると、空恐ろしくなった。そうなれば、裕介くんは郵便局や警察から、厳しい追及を受けるに決まっているからです。裕介くんは簡単に口を割ると思った。もし、そうなったら、年賀状のありかを問いただされるのは自分だし、その下に埋まっているはずの遺体も見つかってしまう。どちらにしても、人の口はふさげない。このまま、変な噂が広まり、あの場所が知られることになったらと思うと、あなたは生きた心地がしなかったはずです」

智子は呆然としたまま結城の言葉に聞き入っている。

「……問題は年賀状を埋めた場所だ。あれこれ考えるうちにあなたは、末雄さんの祖父が散骨を希望していたという遺言のことを思い出した。万が一、あの場所に年賀状が埋められていることが発覚しても、掘り返されなければ問題はないのではないか……そう思った瞬間、ひらめくものがあった。

一帯を散骨地という聖地にしてしまえばどうか、とね。

そうすれば、好奇心から掘り返すような輩は排除できるし、万が一、年賀状が見つかったところで、それだけのことです。その下に死体が埋められていることなど、だれも気づかない。残された課題は末雄さんの出奔とその存在を裏付けるためのアリバイ作りだ。手はじめにあなたは、ご自分のおかあさんに、末雄といまでもこっそり会っていることを印象づけた。おかあさんは容易に騙《だま》された。残るのは裕介くんの扱いだ。あなたは、どう思って彼を手なずけたんですか……」

智子は語らない。

「あなたの目の前で、裕介くんは末雄さんを手にかけた。これ以上の弱みはない。あなたは裕介くんを最大限活用することを思いついた。でも、あからさまに指図すれば、かえって裕介くんは離れていく。そこであなたは、夫から暴力を受けていたことを裕介くんに告白した。すると、彼は自ら犯した大罪を思いつつも、あなたへの同情を深め、言われるがままになった。

裕介くんはネットカフェをたびたび訪れて、末雄さんのイニシャルを使って散骨の噂をネット上に書き込んだ。それだけじゃない。自然葬の業者に電話を入れさせ、末雄と名乗って散骨場所の情報を与えた。

それはうまく当たった。当たりすぎたといえるかもしれない。よしんば、散骨することで近隣から苦情が出たところで、かえって人は近づかないだろう、とね」

智子は白いスミレ草に目を落としたまま、一言も反論してこない。

「智子さん」結城は声をかけた。「正月の二日……あの日、何があったんです?」

智子はちらりと結城に一瞥《いちべつ》をくれてから、震えるような声で言った。

「……あの人、競馬をするために闇金から借金をして……その返済期限が一月七日に迫っていて……もし、金をよこさないと、学校にとりに来るって……」

智子は手で口を覆い、泣き崩れた。

結城は智子のかたわらにいる捜査員に目配せをして、連れていくように促した。自分もクヌギ林を抜け出た。細道に停められたセダンの前で見守る石井に、すべて終わったという顔でうなずいて見せると、石井は八木裕介を車に乗せた。

占部智子は別のセダンに乗せられた。

相次いで走り去っていく二台を、結城は声も出さずに見送った。

容赦なく降り注ぐ陽光を手の甲でさえぎった。占部末雄の遺体が埋められている林を見上げた。耕作を放棄した田んぼから生暖かい風が吹き上げてきた。ざわざわと谷戸のまわりにある竹林が揺れ出した。

ダフ屋と風俗の取り締まりしか能がないと陰口を叩かれる生特隊の一班をあずかって、早、四カ月がすぎようとしていた。

単純な苦情処理と思って町田まで出張ってきた事件は、思いのほか苦しい幕引きだった。あの日、切り株の根元に埋もれていた年賀状が顔をのぞかせなければ、その下に眠る死体に気づくことはなかった。この先も散骨地となり、赤の他人の骨が降り積もっていたことだろう。

生特隊は決して揶揄《やゆ》されるような組織ではない。

たわいない苦情に端を発した事案であっても、その下には思いもよらない人の欲と打算、そしてどす黒い暴力が渦巻いている。見過ごしてしまえば、それらが白昼にさらされることはない。永遠の闇に埋もれる。そうなったときのことを思うと、結城は空恐ろしくなった。

手抜きは許されない。

結城は手にしたショベルを硬い土に突き刺した。

ミーンミンミン、ミーンミンミン——

いつの間にか、クマゼミに代わってミンミンゼミの声がひときわ、大きくなっていた。

晩夏の果実

ここまで描けるようになったのか、父は。

器《うつわ》にもられた夏野菜の絵。鉛筆一本によるデッサン画だ。虫に食われたナスの表面やトマトのへたまでが細かくリアルに描かれている。このぶんなら、以前と同じように好きな場所に出向き、ふたたび絵筆をとれる日が来るかもしれない。

1

「イッチニ、イッチニ……」

廊下に響く声が近づいてくる。父親の益次《ますじ》が居室の戸口に姿を見せた。ベッドに腰かけた結城の前を、一人娘の絵里に背中を押されるように窓際に進む。心持ち右足を引きずっているが、歩く速度は見ちがえるほどだった。益次がこの老人ホームに入って二年あまりが経《た》つ。二週間に一度は顔を出しているが、そのたび、益次は気力を取りもどしつつある。

「えっちゃーん、もういいよ、だいじょうぶだぁ」

そう言うと、益次は窓枠にもたれかかり、ふーっと大きく息をついた。

「はいぃ、今日の訓練終了」

絵里は益次の背中にあてた手を放し、冷蔵庫のドアを開けた。グレープフルーツジュースのパックをとり出し、ベッドに腰かける。

「じいじ、ここはいいね、ばっちり冷房が効《き》いてるから」

絵里はストローをさし込み、音をたててジュースを吸い出した。高校三年生になっても、どこか幼さが抜けない。

「絵里ったら、おじいちゃんにあげないとだめじゃない」

妻の美和子の声がした。見れば衣装ケースの中身の整理に余念がない。

「いいよ、いいよ。もらいもんだしー」

間延びした声で益次が言う。

「たくさんあるね。じいじ、持って帰ってもいい？」

「なに言ってるの、絵里、来年は大学生になろうって娘が」

「大学なんて行かない。専門学校、専門学校」

「二言目には専門学校なんだから。おじいちゃん、なんとか言ってやってくれませんか」

「いいじゃないかぁ、専門学校だって」

おや、という顔で美和子は結城を見上げた。

結城も父親の言葉に耳を疑った。

病気が言わせているのか、とっさに判断しかねた。それ以前の益次は、口を酸《す》っぱくして絵里に大学進学をすすめていた。いまの世の中、女の子だって最高学府は出ておくものだ、と。

益次は七十三になる。中学校の理科の教師を定年まで勤め上げた。退職してからは、中古のワゴン車にふとんと衣類をつめ込み、月に二度、旅行に出かけていた。その頃まだ存命だった母親の和枝《かずえ》と、仲むつまじく全国を行脚《あんぎや》する日々が八年近くつづいた。そのあいだに、益次は絵を描くことを覚えたのだ。

両親は狛江にある持ち家に住んでいた。結城は結婚してからずっと官舎住まいで、同居したことはない。母親の和枝が膵臓《すいぞう》ガンで亡くなったのはいまから四年前の秋だった。伴侶《はんりよ》に先立たれ、益次は干《ひ》からびていった。じっと家に引きこもり、旅行はおろか出歩くこともなくなった。

そんな父親にひとり暮らしをさせておくのは、さすがに気がひけた。結城は休みのたびに、実家を訪れた。退職間際《まぎわ》に建て直した家は、広々としていた。結城には千葉へ嫁《とつ》いだ姉がひとりいるだけで、いずれは、この家も長男の結城が継ぐことになる。

しかし、結城は父親と同じ屋根の下で暮らすのには抵抗があった。益次とは背恰好《かつこう》も顔も似《に》ておらず、外見からは親子には見えない。しかし、四十をすぎたある日、つっかえながら話す自分のしゃべり方が、父親とそっくりであることに気づいて、いわれない嫌悪を抱いた。いっしょに住みたくないという理由はそれだけだ。

当時、一人娘の絵里が高校受験を控《ひか》えていて、官舎住まいは手狭《てぜま》になっていた。そんな事情もあって、三年前、結城一家は実家に移り住んだ。住まいの問題は解決しても、娘の教育費はばかにならない。せめてもの生活費の足しにと、美和子は家具の量販店に勤め出した。

益次は新しい家族になじんだ。それでも、五十年近く連れ添ってきた和枝を失ったショックはぬぐいようがなかった。三カ月ほど経って奇妙な兆候が出はじめた。それまで毎朝読んでいた新聞をぱったりと読まなくなった。財布や印鑑をしまった場所を忘れることもたびたびになった。それから半年後、益次の姿がふいに見えなくなった。見つかったとき、益次は多摩川の土手をふらふらと歩いていたらしい。帰る道順がわからなかったと言った。

病院の検査で認知症の中期という診断が下った。一年後、益次の身体《からだ》はふたまわりも縮《ちぢ》んでいた。徘徊《はいかい》がたびかさなり、身体の免疫力が極端に低下した。風邪でも引けば命取りになる。「保《も》って一年。いつ逝《い》かれてもおかしくはありませんから、覚悟しておいてください」と医者から告げられた。

音《ね》を上げたのは美和子だった。自分の仕事と子供の世話で手一杯で、義父の面倒にまで手が回らなかった。

結城は父親の預け先を探すことにした。ひと月後、稲城《いなぎ》市にある有料老人ホームを見つけた。完全介護の態勢が整い、月々の利用料も益次の年金でおつりがくる。迷うことなく決めた。問題は入居一時金の一千万円だった。益次の退職金は自宅の建て直しのときあらかた使い切っていて、残りは五百万ほどだった。足りない五百万円を結城自身が調達する必要に迫られた。施設の規定に、入所後三年以内に亡くなった場合は、入居一時金の半額を返済する、という一文があった。

保って一年。

医者から宣告された言葉が耳に残っていた。父親の容態からすれば、自分が負担する分は、もどってくるかもしれない。そう胸算用をしなかったといえば嘘《うそ》になる。結城は警視庁共済組合から五百万を借り、益次をいまの施設に入れたのだった。

ところが、入居後、益次は快方に向かった。介護士たちの献身的な働きかけが良かったのかもしれない。徘徊も徐々になくなり、所内で行われる様々な行事にも積極的に参加できるようになった。

2

「おじいちゃんのところで、変なこと言うもんじゃないわよ」

車の助手席にすわる美和子がたしなめるように言うと、絵里は口をとがらせた。

「変なことって?」

「専門学校」

「だって、行くって決めたんだから」

「お菓子の学校なんかに行って、どうするの。職人になる気？」

「もちろん。おいしいケーキばんばん作って食べさせてあげるから。ね、おとうさん」

「だめだ。ケーキは」結城はハンドルを切りながら、ぼそりとつぶやいた。「大福ならいい」

「おとうさん、洋ものはだめなの。和食一辺倒なんだから。わかってるでしょ？　あなただって」

「いいもーん、好きにしちゃうから」

絵里は勉強ができるとはいえないし、学費の安い専門学校への進学をしきりと口にする。そんな頑固《がんこ》な気質は自分の血を引いているようでもある。

「ふー、暑い暑い」美和子が冷房のスイッチを強にした。「いったい、いつまでつづくのかしら。このばか暑さ」

九月に入って、台風がたてつづけに上陸した。そのせいで南から入り込んだ熱波がいすわり、第二週になっても真夏日がつづいていた。

「おとうさん、テピアでお買い物、お願いね」

テピアは帰り道にあるショッピングセンターだ。コンソールの時計を見た。午前十一時十分。

「三十分以内にすませられるか？」

「もちろん。お昼ご飯はどうするの？」

「家で食べる」

「テピアで食べようよ。ねえ、いいでしょ」絵里にせがまれて、結城はトンカツ屋の名前を口にした。

「また、あそこ？　もう、食べ飽きた。パスタとかにしない？」

「だめだめ、おとうさん、外に出たらトンカツしか食べないの」

と、美和子が割って入った。

結城は答えずに、アクセルを踏み込んだ。ゆるい下り坂の向こうに延々と住宅街がつづいている。その中心に、ひときわ目立つ薄ピンク色のショッピングセンターが建っている。併設された立体駐車場は、排気ガスで汚れて、お世辞にもきれいとは言えない。

テピアの立体駐車場に入った。外側はコンクリートの低い塀に覆われているだけで、素通しになっている。一階は満車だった。二階も同じ。円を描くようにぐるぐると上る。3F、4Fの階層表示はなく、ぶどうの階やバナナの階といった色分けした果物の絵で階数を区切っている。階を上るごとに、何階を走っているのかわからなくなる。ようやく空きスペースを見つけた。直射日光がまともに当たる場所だが仕方ない。

車から一歩外に出ると、蒸し風呂に入ったような暑さが襲ってきた。

エレベーターでショッピングセンターとつながっている三階まで降りる。

広い店内は冷房が効いていて、汗がみるみる引いた。途中、絵里は雑貨屋に行くと言って別れた。

「ねえ、お買い物、付き合ってくれるの？」

美和子に訊《き》かれた。

食品売り場などを歩いていて、同僚にでも鉢合《はちあ》わせしたら恰好がつかない。本屋でものぞくしかない。

「いや、視察する」

「はいはい、じゃあ、三十分したら、いつものお店でね」

「了解」

つい、敬礼をしようと額《ひたい》に持っていった手をあわてて下ろした。

紳士服売り場の通路を歩き出す。書店はたしか四階にあったはずだ。がっしりした茶色のマネキンを見ていると、この数日、取調室で顔をつきあわせている黒人の顔に見えてきた。ナイジェリア人のオスマン・アサボウ。三十五歳。百九十センチ、九十五キロの巨漢だ。

結城の所属する生活安全特捜隊は、八月末から盛り場浄化作戦に取り組んでいた。対象地域は新宿歌舞伎町。新宿区役所の裏手にある、あずま通りには、外国人バーがひしめいている。ナイジェリア人が経営する〝グランパ〟で、ぼったくり被害が頻繁《ひんぱん》に発生していた。終電に乗り遅れた客を強引につれ込み、泥酔させて、飲んでもいない〝ドンペリ・ロゼ〟の代金をクレジットカードで支払わせるという手口だ。その裏がとれて、結城班はナイジェリア人オーナーのオスマンを詐欺容疑で逮捕した。問題はそれから先だった。英語しか話せないオスマンは、いっこうに落ちなかった。

ここ数年、入国管理事務所と警察は、歌舞伎町の中国人の経営する風俗店の取り締まりを徹底して行った。その結果、中国人は街から消えていなくなった。代わりにそこにできた真空地帯に入り込み、悪質な商売をはじめたのがナイジェリア人たちだった。

長いこと地域課で警らを担当してきたが、生活安全特捜隊に異動して半年間は、これまでとは勝手がちがう仕事の連続だった。警察官人生で、結城が取調室で容疑者と向き合ったのは、数えるほどしかない。外国人を相手にするのはむろん、今回がはじめての経験だった。古参の石井とペアを組んだものの、まったく埒《らち》が明かない。

いまのうちに、なるべく取り調べの場数を踏んでおきたい。そう思ってオスマンの尋問を買って出たのだ。いまさら、あとには引けない。

そんなことを考えながら通路を歩いていると、「おっ、ちょうどいいところに」と呼びとめられた。

吊《つ》るされたアロハシャツの陰から、瘦《や》せた男が現れた。奥目で眉《まゆ》が濃い。西松文男《にしまつふみお》。半袖の白い綿シャツにグレーのスラックスをはいている。愛宕署《あたごしょ》の地域課で二年ほど同じ釜の飯を食った。万年平巡査で、おととし定年退職したはずだ。

「そっちこそ、どうしたんですか?」

結城が訊くと、ここの警備員なんだよ、と小声で西松は言った。西松の自宅はたしか川崎の中原区《なかはら》だから、遠くはない。

「半年ばかり夜間巡回のガードマンをしてたんだけどさ、どうにも性に合わなくて、こっちに移ったって寸法。で、結城さん、まだ小松川署?」

「いえ、この春、生活安全特捜隊に異動になりましたが……」

西松の顔がぱっとほころんだ。「そりゃ、ちょうどいい。ちょっと、ちょっと」

そう言うと、西松は結城の肩を抱くように、通路の片隅《かたすみ》へいざなった。

「なんです?　西松さん」

「ちょっと、頼むよ、万引きがあってさ。警察でもなんでも、つれて来いってえらく興奮してるんだよ。現職のさ、手帳をちょっと拝《おが》ませてやるだけでいいんだ。そうすりゃ、やっこさんも観念するからさ」

「管轄の警察に頼めばすむじゃないですか?」

「呼んでるんだけど、なかなか来てくれなくてさ。おっつけ来る頃だから、それまでいいから」

自分に場つなぎをさせるつもりなのか。しかし、ＯＢをむげにもできずに、社員専用の通用口から中に引っ張り込まれた。

がらんとした社員専用通路を歩いていると、

「……お願いですーぅ、出してぇ、ねえ、出してよお……」

と女の叫ぶ声が聞こえた。

薄い壁で仕切られた警備室に入った。監視カメラのモニターがずらりと並んでいた。奥にあるテーブルに、五十前後の顔つきの女が椅子《いす》にすわらされていた。制服姿の警備員に両脇をかためられて、今にも泣き出さんばかりに顔がひきつっている。茶色に染めた髪は乱れていた。化粧を厚く塗りたくった顔に、涙の流れたあとがくっきりとついている。

女は結城のことなど目に入らない様子で、「放してくださいぃ」と子供がせがむように叫んでいる。そのたびに、両脇の警備員が押さえ込む。

「片貝《かたがい》さん、お巡りさんだぞ」西松がそう言うと、女は結城のほうにふり向いた。

結城は仕方なく、ズボンのポケットから警察手帳をとり出し、広げて片貝と呼ばれた女の顔の前に差し出した。

西松の横の若い男が口を開いた。万引きにあった店の店員らしい。

「本を二冊も万引きしたくせに、認めないんですよ、もう」

哀願するように言われても、事情がのみ込めないのでは返事もできなかった。

「こっちのほうは買ったみたいなんですよ。でも、ほかの二冊は買い物袋に入れていたんです」

机の上に、布製の少しくたびれた買い物袋があった。書店の名前の入ったビニール袋と、その中に入っていたらしい女性週刊誌、そのわきに、小説と実用書が一冊ずつ積まれている。こちらは注文カードがはさまれたままだ。ほかにも、財布や小物類、薬袋といったものが無造作《むぞうさ》に並んでいる。

「ちがいますぅー」片貝が声高に反論した。「これから買うつもりだったのにぃ、なんで、こんなとこにつれてくるんですかあ……お願いですぅ、おかあさんが待ってるんですー、早く出してください」

「そんな嘘八百並べても、わかってるんだよ。探したけど、お袋さんなんてどこにもいないじゃないか」西松はつづける。「あんた、今度で二度目だろ、今度はもう容赦《ようしゃ》しないからね、いいね」

「やってないですってぇ」

片貝は言うと、いきなり立ち上がろうとした。警備員にさっと押さえつけられると、憎しみのこもった眼差《まなざ》しで全員をにらみつけた。

「あのさ、買い物袋に入れて店を出れば、万引きになるんだよ。小学生だってそれくらいわかるだろうが」

「してないの、わたし、出してよ、おかあさん、車で待ってるのよー、知らないよ、死んじゃうよ」

「いい加減にしてよ、あんた」

店員が声を荒らげた。

西松は結城を部屋の隅にうながし、小声で事情を話した。

「週刊誌のほうは買ってるんだけどね、ほかの二冊は万引きなんですよ。でね、七十五になる母親を駐車場の車の中に待たせっぱなしだから、早く帰せって、嘘言ってるんだよ。逃げ出したい一心でさ」

「車というと？」

「リンゴの階の十七番に停《と》めてるって言うから、行ってみたんだけどさ。そんな車はないんだよ」

結城はついいましがた、自分が運転して上ってきた立体駐車場のことを頭に描いた。リンゴの階は、四階だったような覚えがあるが、はっきりしない。

「生安なら万引き犯なんて、ひとひねりだろ？　頼むよ、ぎゃふんと言わせてやってくれないか」

西松に困惑しきった顔で言われた。警察のＯＢとして、いい顔をしたいのはわかる。ここで結城が女を説き伏せて万引きを認めさせれば、西松の手柄にもなる。しかし、正直なところ、万引き程度にいちいち付き合わされるのは勘弁《かんべん》してほしかった。

それにこの女、あれだけ興奮していては、そう簡単に罪を認めさせることができるかどうか。はっきり言っておぼつかない。思い迷っているところに若い制服巡査ふたりが部屋に入ってきたので、結城は肩の荷が下りた気がした。

巡査のひとりが、軽く敬礼した。「狛江署の高橋《たかはし》と申します。えっと、万引きしたのは……」

高橋巡査が片貝をのぞき込みながら言うと、西松がいそいそとふたりに近づいて説明しはじめた。

結城は成りゆきを見守ることにした。

片貝は巡査の制服を見て観念したらしく、態度ががらりと変わった。ひと言の反論もしなかった。

ひととおり説明を聞くと、高橋巡査は、「わかりました。片貝さん、署のほうまでご同行願えますか」と声をかけた。

片貝は、はっとしたように顔を上げ、なんとも言えない表情で警官を見やった。

巡査がふたりがかりで片貝を立たせると、左右を固めるようにして部屋からつれ出した。書店の店員が万引きされた本をたずさえて、そのあとをついていく。西松がようやく結城をふりかえって頭をかいた。

「いやあ……助かりました」と調子のいいことを言って、結城を外につれ出した。

「どうも、すみません。毎日、こんな調子ですよ」

言葉遣いが丁寧《ていねい》になっていた。

「それじゃ、ここで」

深々と頭を下げる西松にそれ以上かける言葉もなく、結城はその場をあとにした。

上りのエスカレーターに乗りながら、ふと、警察署まで同行を求められたときの女の表情を思い出した。どんな人間でも警官に連行されるときは、不安と恐れの入り交じった表情を見せる。だが、あの女の顔に浮かんだのは、それとは別の、あきらめに近い表情だった。母親云々《うんぬん》も罪から逃れたいばかりについた嘘なのだろう。犯した罪の重さに耐えきれず、警察に捕まってほっとする、というのもよくある話だ。

3

二日後。

取調室に入ってくると、オスマンは大柄な身体をたたむようにパイプ椅子に腰かけた。

厚い胸板と褐色の肌に威圧感すら覚える。昨日は取り調べを半日で切り上げたせいか、少しは疲れがとれたのだろう。充血して赤っぽかった目が、いまはそれほどでもない。今日こそ落としてみせる。

「身体の具合はどうだ？」

結城の言葉を英語のできる巡査が通訳した。

「まあまあ」

今度はオスマンの言った言葉を通訳する。

「これ、見てみろ」

結城は一枚の紙をオスマンの前においた。被害届を出していた客のクレジットカードの売上票だ。ドンペリ・ロゼが三本で三十万円。サインはだれの筆跡なのか見当もつかない。

「見覚え、あるな？　おまえの店の売上票だ」

「そうだ、うちのだ」オスマンがあっさりと答えた。

「ドンペリ一本で十万はないだろ？」

「いや、相場だよ。六本木でも同じだよ」

歌舞伎町で一晩、三百万を稼ぐ外国人バーがあるというのがカード業界でも話題になっていた。濃厚なサービスを売り物にする外国人バーの売上げは、ふつう一晩で、よくて三十万円そこそこ。それがたったひとりの客で、三十万の売上票がクレジットカード会社に上がってきた。会社側がカードを使った客に問い合わせた結果、不正請求の疑いが濃いとして支払いを停止した。

オスマンには三十二歳になる日本人妻がいて、三歳の子供もいる。グランパの名義は、その日本人妻になっていた。クレジットカードの審査にもその女が立ち会い、カードの端末機もすんなりと設置されていた。しかし、妻は経営にはいっさい、かかわっていなかった。

「いいか、オスマン、この客は一時間のセット料金で六千円と聞いて店に入ったと言うぞ。それが飲んでもいない酒を飲んだことにさせられて、三十万の請求がきた。びっくりして警察に被害届を出したんだ。わかるな?」

「だって、さんざん女の子と遊んで飲んだんだから、仕方ないよ……」

グランパにはアメリカ人のほかに、フィリピン人など、国籍のちがうホステスが五人勤めていた。一晩の基本給が一万円で、プラス客の飲み代の三分の一が歩合給として支払われる。いきおい、客をおだてて、セット料金に含まれていない酒をすすめることに躍起《やっき》となる。

「うちはなにも違反してないよ。客だって承知で入ってくるんだ。酒を出さないでお金をとったなら違反だけど、ちゃんと出したんだよ、うちは。ホストクラブだって、ドンペリ一本、十万円だよ。歌舞伎町はそれが相場なんだ。ほかはよくて、どうしてうちの店はだめなんだ？」

　逮捕されたのは日本人の差別意識のせいだとオスマンは決め込んでいる。どこまでもしらばっくれる気らしい。結城はいらいらしてきた。もはや、これまでだ、と思った。今日という今日は見せる物がある。

「イッさん、例のやつ」

　立ち会いの石井は、もう奥の手を使うのかと言いたげな顔だったが、結城は我慢ならなかった。一刻も早く、落としたかった。

　石井は席を立つと、結城をうながして取調室から出た。

　結城はそのあとにつづいた。

「どうかしたのか？」

　結城が言うと、石井は渋い顔をして口を開いた。

「班長の気持ちはわかります。今日中に落としたいのは、わたしも同じですから。でも、いきなり、切り込んでもね、あの手合いは、おいそれとは落ちません」

　もってまわった言い方に結城はしびれをきらした。

　オスマン逮捕と同時に、本庁の組一、組織犯罪対策一課が口をはさんできた。組一はカード詐欺や偽装結婚などを扱うセクションで、歌舞伎町はもともと自分たちのシマだという意識がある。目を付けていた矢先に、オスマンを生特隊に持っていかれたというのが介入の理由だ。

ことあろうに、その言い分を生特隊の隊長は受け入れてしまった。

——裁判所の認めた十日間の勾留期間内に落とせなかったら、次の勾留延長の十日間は組一が取り調べを受け持つ、との約束だ。

外国人がらみの詐欺について経験豊富な組一を袖《そで》にするわけにはいかない、と隊長はもっともらしいご託《たく》を並べた。

直接の責任者である結城にしてみれば、屈辱《くつじょく》以外の何物でもなかった。ここで落とせなければ、結城自身が無能扱いされかねない。それだけはなんとしても避けなくてはならない。

「わかった。代わる。主任、おまえが落とせ」

腹にすえかねて、つい結城は口にしてしまった。

石井は厳しい顔で結城を見返した。

「ここで放り出すなんて、班長、あなたらしくないですね」

結城は答えにつまった。

次の勾留延長までに落ちなければ、手柄は組一に持っていかれる。これまで夜昼かまわず、徹底的に内偵を行った部下の手前、落とせなかったではすまされない。しかし……あの男をどこから攻めればいいのか……。

「班長、『ルーツ』っていうテレビドラマ、覚えてますか?」

「大昔のやつだろ。それがどうした?」

「聞いてみただけですけど……」

ふっと息を抜き、石井は床に目をやった。

『ルーツ』はアフリカから奴隷としてアメリカに連れてこられた男の子の子孫たちが、人種差別を乗りこえて成功するという人間ドラマだ。うろ覚えだが、幼い頃、テレビで見たことがある。しかし、石井がなぜそんなドラマのことを持ち出したのか、真意を測りかねた。

「ビアフラ戦争、知ってますか?」ふたたび石井は言った。

「ああ、知ってる」

ナイジェリアについては、にわか仕込みで詰め込んだ。

一九六〇年にナイジェリアがイギリスから独立したあと、ビアフラ地区でキリスト教徒のイボ族が独立を宣言したのがきっかけで起きた内戦だ。百万人以上が死亡し、その結果、ナイジェリアは多数派のハウサ族が国の主導権をにぎった。ナイジェリアはアフリカでも屈指の産油地帯だが、その富はハウサ族の一部が独占して、イボ族はいまだに貧困を余儀なくされている。イボ族は国を見限り、イギリスやアメリカに渡り、そこでコミュニティを作った。その一部が日本に流れてきた。しかし、日本で暮らしていけるのは、運良く日本人女性と結婚した一握りの人間だけなのだ。オスマンはその幸運なイボ族のうちのひとりだ。

石井の言いたいことが、うすうすわかってきた。

ここは相手の出自あたりから、攻め直せと言いたいのだろう。もどかしい気もするが、この際、それも手かもしれない。

結城は取調室にもどると、オスマンの人定資料にもう一度目を通してから、おもむろに問いかけた。

「オスマン、おまえはナイジェリアの州立大学を出ているそうだが、本当か？」

突然、オスマンの目の色が変わった。

「出てるよ、工学部を。嘘なんかつくわけないだろ」

「大学を出ても働き口はなかったのか？」

「ハウサの連中にコネがなかったら、勤め口なんてない。だから、おれは一所懸命勉強した。大学の先生に、『オスマン、おまえ日本に行って成績表を見せればソニーだって雇ってくれる』と言われたから来たんだ」

「ソニーには行ったのか？」

「門前払いだよ。だいいち、ビザがなかったし」

「それで、日本人の女を追いかけ回したんだな」

オスマンは片手を挙げて、もうよせというジェスチャーをした。

強制退去から逃れるためには結婚がいちばん手っ取り早い方法だ。来日するナイジェリア人の男たちは、競うようにナンパをくりかえす。

「ナイジェリアはアフリカでも屈指の産油国だろ。石油会社に入ろうとは思わなかったのか？」

「石油の金は、政治家と役人たちが独り占めしてるんだ。くさるほど石油はあるのに、おれたちには飯を炊《た》く燃料もない。おまけに石油採掘現場から洩《も》れる天然ガスのせいで、あちこちで爆発が起きる。熱風にあおられて植物は育たなくなった。警察なんて全然あてにならない。ひどい国だよ。二度ともどりたくない」

「それなら、きちんと日本で働かなくちゃだめだろ。バーなんかより、工場とかそういうところで働くほうがいいんじゃないか？」

「工場？　あほらしい」

オスマンの投げやりな態度に結城は愛想がつきた。

「イッさん、例の物、貸してくれ」

結城がふりかえると、石井は、しかめっ面をして紙の束を渡してよこした。

それを受けとると、結城はオスマンの目の前に投げ出すようにして見せた。

「わかるな、これ。おまえの店に酒を納入している酒屋の納品書だ。よく見ろ」

ぜんぶで三十枚近い紙を、一枚ずつめくりながら結城は声をはりあげた。

オスマンは肩をすぼめて、なんのことかわからないという素振りをした。

「いいか、オスマン、どこにドンペリと書かれている？　一枚もないぞ。酒屋はドンペリなんて一度も店に卸したことがないと言ってるんだ。いいか、おまえは嘘をついている。ない酒をどうやって客に飲ませたんだ」

「そんなことないよ、出したものは出したんだから」

「……オスマン」結城は腸《はらわた》が煮《に》えくりかえる思いだった。これほどれっきとした証拠を見せているのに、なぜ、ひと言、やりましたと言えないのか。「てめえ、なんとしても認めねえのか。出るとこ出たら、ただじゃすませんぞっ」

いらいらして、思わず机にこぶしを叩《たた》きつけた。

「さべつ、さべつ」

オスマンはおどけながら、日本語でわめき出した。

ことあるごとに、この男は「さべつ」という言葉をくりかえす。結城はあきれてものも言えなくなった。

「班長、落ち着いて」

石井につかまれた肩をふりほどき、机を蹴《け》り上《あ》げるようにして立ち上がると、結城は取調室から飛び出した。息が上がっていた。

4

火曜日の取り調べも進展はなく、オスマンは落ちなかった。重い荷を背負ったような気分で、八時すぎに帰宅した。勾留期間は残すところあと四日。落とすためのネタも尽きた。持ち上げもしたし、生い立ちもくわしく聞いて、同情するべきところは同情もした。日本の常識も話して聞かせた。初犯だし、日本人の配偶者もいるから、かりに有罪になっても反省の色を見せれば執行猶予がつく。そうなれば、これまでどおり、日本で生活していける。そう諭《さと》したものの、オスマンは聞く耳を持たなかった。

ふだんなら、一本ですむビールが二本でも足らなかった。三本目の栓を開けたとき、美和子が妙なことを口にした。

「お気の毒よね、テピアで亡くなったおばあちゃん……」

なんのことかわからず聞き返すと、美和子はテーブルにあった朝刊の地域欄を広げた。

ほら、ここ、と美和子の指さした箇所を見やった。

〝老女　急性心不全で亡くなる

狛江署によると、日曜日の正午すぎ、テピア狛江の立体駐車場を巡回していた警備員が、車の助手席でぐったりしている女性を見つけたが、すでに死亡していた。身元は片貝貞代《さだよ》さん七十五歳と判明。死因は熱中症による急性心不全と断定された〟

結城は、アルコールで火照《ほて》っていた身体が、いっぺんに冷めていくのを感じた。片貝……珍しい苗字だ。時間帯も一致している。あのとき、万引きで捕まった女が関係しているかもしれない。

はやる気持ちをおさえながら、電話帳でテピアの番号を調べ、携帯をつかんで書斎に閉じこもった。テピアの夜間受付が出ると、結城は身分と名前を告げて、西松文男の自宅の電話番号を訊き出した。いったん電話を切り、教えられた番号を押した。

「もしもし」

低い男の声がした。

「西松さんですか？」

「おたくさんは？」

「結城です」

「ああ……はい」

「新聞、いま読みましたが、あれって」

「……そうなんです。亡くなったのは、あの女……片貝悦子《えつこ》の母親です」

ショックで二の句が継げなかった。

「どうして教えてくれなかったんですか？」ようやく口にした。

「しようとは思いましたけど」

「どういうことなんですか？　片貝さんはあれから狛江署に連行されたんでしょ？　そのあと、立体駐車場で母親が見つかったということですか？」

「はい……」

　西松は事件のあらましを語った。

　片貝悦子が狛江署へ連行されて、三十分近く経った頃、立体駐車場を巡回していた警備員が六階で片貝の車を見つけた。ドアロックはされておらず、冷房も切られていた。車の窓はすべて閉められていた。半分ほど倒された助手席のシートに片貝貞代が目を閉じてあおむけになっていた。車には直射日光が当たり、車中の温度は相当に上がっていた。連絡を受けて西松らが駆けつけ、貞代を助け出したが、すでに貞代は事切れていた。遺体は狛江署で警察嘱託医《しょくたくい》による検視が行われ、熱中症による急性心不全と断定された。片貝悦子の万引きの疑いはうやむやになり、検視の終わったあと、母親の遺体は悦子がひきとったという。

　――なんということだ。

「お願いですぅ、おかあさんが待ってるんですー」

あのとき、悦子がわめきちらしていたのは本当のことだったのだ。

それを警備員たちは、最初から嘘だと決めてかかっていた。片貝が乗ってきた車を探したが見当たらなかった、ということだが本気で探したのだろうか。

そこまで考えて、じんわりと額に汗がにじむのを結城は感じた。

あの場にいたこの自分の立場はどうなのだ。一連の行為に加担していたことになるではないか。

「あの……」おそるおそる西松が声を発した。「結城さんが見えたこと、どこにも洩らしていません。ご安心なさってください」

結城はおとといのことを思い浮かべた。片貝悦子に警察手帳を見せたものの、名乗ってはいない。西松のほかには店員と警備員がふたりいただけだ。狛江署から来たふたりの警察官に紹介されることもなかった。西松がふたりの警備員に口止めしていれば、自分がいたことは外部には洩れない。だが、片貝悦子は、この自分を見ている。片貝の口から自分のことが出たかもしれない……。いや、それはないか。

もしそうなら、昨日のうちに狛江署から連絡があったはずだ。それがなかったということは、片貝は結城のことを話してはいまい。

「西松さん、片貝悦子は、万引きを認めなかったんですか?」

「認めてはいないようですが……だいたい、それどころじゃないでしょ。とにかく、くわしいことは署の連中しかわからなくて」

どちらにせよ、店側と警察が誤った対応をとってしまった可能性は大だ。本来、市民の安全を守る立場にある自分も、結果的にそれに加担したことになる。いや、もしかすると、結城があの場に現れたことを狛江署はつかんでいて、生特隊の上層部まで話が上っているのではないか。不安が結城の胸の中に広がった。

西松から聞き出せることはすべて聞き出した。相談をかける相手はひとりしかいない。気乗りはしなかったが、生特隊副隊長の内海康男の携帯に電話を入れた。

「おう、落ちたか?」

いきなり、期待のこもった声がした。

内海としても朗報を待ちわびていたのだ。

「それがまだ……」

正直、自分の手に負えそうにないことを告げる。

「まだ時間はある。ナイジェリア人だろうがなんだろうが、同じ人間に変わりはない。落ちるときには落ちる。いざっていうときは、石井を使うってのもありじゃないか」

いつになく機嫌が良さそうなので、結城は胸をなで下ろした。

「……わかりました。それから副隊長、ほかでもないのですが」

結城は片貝貞代の事件について、事実関係を洩らすことなく告白した。

内海はしばらく考え込んでから、声のトーンを落とした。「で、遺体はすぐ署に運ばれたんだろ？」

「ええ、立体駐車場に警察がくるあいだ、西松さんが機転を利《き》かせて、騒ぎにならないように、ひとりで見張っていたそうです。刑事たちも、状況を見て、いち早く署に運び入れました」

「ブンヤはどうなんだ？」

「今のところ、狛江署の発表を怪しんでいる人間はいないそうです」

「ならいい……結城、おまえが気にするのはわかる。だけどな、居合わせただけだろ？　おまえに落ち度はないと思うがな」

そのひと言で、結城は気が休まった。

「そう、仰《おっしゃ》っていただくと助かります」

「どっちにしても、明日だな。狛江署の副署長はおれの同期だし」

「えっ、同期？」

内海はしまったという感じで、しばらく押し黙った。

「様子を訊いていただけませんか？」結城はつづけた。

「面倒なことになりそうか？」

「どちらとも言えませんが、よろしくお願いします」

「おう」

とりあえず、どうにかなりそうだ。

携帯を切ると、手のひらが汗でびっしょり濡れていた。


翌日も朝の九時からオスマンの尋問をつづけた。いっこうに落ちる気配はなかった。仕方なく中座して、石井と額をつきあわせた。生い立ちから攻めてもだめなら、次はどんな手があるのか訊いてみると、石井は最後の砦《とりで》があるじゃないですか、とささやいた。なんのことなのかわからず問い返したが、当の石井はさっさと背を向けて行ってしまった。

それからも、取り調べをつづけた。石井の言ったことが、ずっと頭にあった。最後の砦の意味が、薄ぼんやりとわかってきたような気がしたが、それを口にはしなかった。

昼休みに副隊長の内海に呼ばれて応接室に出向いた。

「まあ、すわってくれ」

どことなく歯切れが悪かった。

向かいのソファーに腰をおろすと、おもむろに内海は切り出した。

「狛江署に探りを入れてみたが、おまえのことは把握してなかったぞ」

「……そうですか」

とりあえず、胸のつかえがとれた。

「熱中症のせいで心不全になったという線は動かないそうだ。車のドアはロックされていなかったし、車の往来もそこそこはある。亡くなったばあさんはひとりで歩くこともできたようだし。だから、娘がばあさんを車に放置したということにはならない」

店側の人間にも、責任はないということか……。

年老いたにせよ、大の大人なのだから、苦しくなれば助けを求めて外に出ることもできたはずだ、という弁解はできる。しかし、それで片づけられるものだろうか。

「ブンヤは？」

「二、三問い合わせがあったらしいが、副署長は死因を急性心不全で押し通した。これ以上、ほじくり返される心配はないと請けおっていたぞ……。結城、どうした？　気になることでもあるのか？」

「片貝悦子の万引きの件です。本当はどうだったのかなと思いまして」

「おいおい、お袋さんが、あんなことになったんだぞ。万引きがどうのこうの言ってる場合じゃないだろ。だいたいが、狛江署だって胸張ってやましいことは一切ありませんとは言い切れんぞ」

万引き犯だと確信して店側は警察を呼んだ。やってきた警官は、少しも疑うこともなく、あっさりと署に連行した。そうしているあいだに、母親は熱中症で死んでしまった。店はむろんのこと、警察側に落ち度がないとは言えない。

「万引きについては無罪放免ということですか？」

「問題にもしてなかった。署に連行されて、取調室に入る寸前、母親が見つかったと連絡があったそうだしな」

「娘の……そのとき、片貝悦子はどうだったのかなと思いまして」

「署員がテピアまで同行して、立体駐車場で悦子から十分くらい事情を訊いたそうだ。そのあと、遺体を乗せた車で折りかえし、署にもどったということだ。署の霊安室で警察嘱託医が検視をしてるあいだ、娘は婦警の手を握って青ざめていたらしい」

「それだけですか？」

「ああ、検視は午後の三時に終わった。警察の車で丁重に遺体を自宅まで送り届けた」

「片貝の住まいは？」

「駒井《こまい》町とか言ってた」

駒井町は狛江市内だ。テピアから、東へ二キロほど行ったところにある。

「それだけですか？」

「それだけだ。まだ、なにか気になるのか？」

「片貝悦子ですが……署に連行されたときの様子は訊かれましたか？」

「すっかり観念して、おとなしかったということだがな」

「やはり、万引きを認めたということでしょうか？」

「まあ、それに近い態度だったのかもしれんな。それがどうした？」

結城は、テピアの警備室で、大声を張り上げて身の潔白を訴えていた悦子の様子を話した。

悦子は、おそらく万引きをしたのだろう。だから、警察に対して楯突《たてつ》くことができなかったのかもしれない。しかし、あの蒸し風呂のような車中に母親を置き去りにしたことが結果的に命取りになってしまったことをどう考えているのか。

「万が一、万引きを認めたとしても、店や警察の人間に、文句のひとつでもあるのが普通ではないかと思うのですが」結城は付け足した。

「万引きが事実なら、母親の突然死は、身から出た錆《さび》じゃないか……」

「ならば、狛江署も万引きは万引きで、きちんと処理しておくべきではなかったかと思うのですが……」

そこまで言って、結城は言葉をのみ込んだ。

そうなれば警察としても、結果的に母親の突然死に加担したというそしりはまぬがれない。しかし、そのことで、悦子は店や警察を非難しなかった。やはり万引きという後ろめたい事実があったからこそ、文句を言えなかった。そういうことだろうか……。

5

テピアに着いたのは、夜の八時を回っていた。前もって連絡してあったので、西松は警備室で結城を待っていた。その西松から出た言葉に結城は驚きを隠せなかった。

「……もう葬式、すんだみたいですよ」

「えっ、もう？」

「お通夜は昨日のうちにすませたようで。夏だからでしょう」

結城は副隊長の内海から聞いた話の裏をとった。西松の話の端々《はしばし》に、片貝悦子の万引きを疑いながらも、一方で徹底して母親を探さなかったことに対する後ろめたさを、西松が感じていることもわかった。

「あの場合、だれだって、西松さんと同じように対処したと思いますよ」

結城がそう言うと、しきりと西松はうなずいてみせた。

「そう言ってくださると、ありがたいですけどね」

「ちなみに、西松さん、片貝悦子は以前にも万引きをしたそうですが、それはいつでした？」

「この七月でした。そのときも、書店で週刊誌をね。まあ、のらりくらりと言い訳をして。初犯だったし、ちょっと、よそでトラブルがあったりなんかしたもんだから、そのときは無罪放免にしました。だからこのあいだも、今度こそは首根っこを押さえてやるぞと意気込んでましてね。まさか、あんなことになるなんて夢にも思わなかったし。まったく」

もしかすると、片貝悦子は万引きの常習犯なのかもしれない。そのやましさがあったからこそ、警察に反論しなかったのではないか。

結城は、ずらりと並んだ警備室の監視カメラのモニターをあらためてながめた。ぜんぶで十台ある。立体駐車場の映像が映し出されているモニターを見た。画面は九分割されていて、それぞれが別々の場所を映している。

「片貝悦子の車はどこに停めてあったんでしたっけ？　たしか……リンゴの階とか言ってたと思いますが」

「あの女、停めた場所をうろ覚えでね。真ん中あたりの赤っぽい階に停めたって言うから、四階のリンゴの階だと見当をつけたんですよ。ほかに赤を使ってるのは、地階のイチゴしかないからね」

うろ覚えといっても、もともとわかりづらいのだから、悦子を責めるのは筋ちがいだろう。店は四階建てで、並んで建つ立体駐車場の高さは店とほぼ同じだが、階は七階まである。店の階と立体駐車場の階は一致していないのだ。しかも、立体駐車場は階数表示が数字ではないから、車を停めた階を説明しづらい。

結城は悦子の車が停めてあった六階の映像が映っているモニターを指さして、「ここですね？」と訊いた。

西松は立ち上がり、モニターを見た。

「ええ、この階の十七番ですよ」

「このずっと奥のほうですね……あれ、十七がないなあ……映ってない場所があるんですか？」

「駐車台数は、ぜんぶで九五〇台ですからね。隅から隅まではとてもカバーできません」

「死角があるわけか」

西松は結城の顔をのぞき込んだ。「それよりね、結城さん……店の支配人がさっき、ばあさんの葬式から帰ってきてね。頭に血ぃ、上らせてましたよ」

「どういうことです？」

「葬儀社も呼ばずに、ほんの十人くらい内輪《うちわ》の者だけが集まったそうです。片貝悦子の兄貴とかいうのが酒飲んで暴れたらしくって。支配人、ひどくからまれたようでね。てめえらがよってたかって、ばあさんを殺したんじゃねえかって」

「悦子の様子は？」

「だまって横で聞いてたそうです」

ことが公《おおやけ》になれば店だけではなく、警察の対応も問題になる。マスコミの恰好の餌食《えじき》だ。万引きを認めさせなかったことも、かえって仇《あだ》になる。新聞の見出しがふと頭をよぎる。

――万引きと勘違いした店と警察により、老婆は灼熱《しゃくねつ》地獄で死に追いやられた……。

ぞくりとした。そうなった日には、この自分にまで累《るい》が及ぶこともあり得る。

いや、待て……。片貝悦子がふたりの巡査に警察署に連行されるときの表情が不意によみがえった。あのときの、なんともとらえどころのない顔つき……。これから、警察署に連行されるという、まさにそのときに見せる表情だったろうか……。

結城は他人事《ひとごと》のような顔をしている西松に向きなおった。

「西松さん。片貝悦子の件、洗いざらい話していただけませんか？　どんなささいなことでもいいですから」

あらためて言われて、西松は顔をしかめた。

「……と言いますと」

「七月の万引きをくわしく」

「ああ、あれですか。ちょっとお待ちを」

西松は業務日誌をとり出して、めくった。

「えっと、万引きしたのは『女性ライフ』で、三百五十円支払って落着」

「何時頃ですか？」

「夕方の五時半。店員によると、いつも夕方頃に来る、となってますけど」

日曜は昼に来るのか？

「彼女の歳《とし》は？」

「五十四。和菓子屋の店員をしてます。結婚はしたことがないそうで、ずっと母親とふたり暮らしだということです」

「彼女の売り上げ記録のようなものはないですか？」

「支配人に頼んで、オンラインで顧客情報を見てみましょうか？」

「ええ」

西松と支配人室へ行き、支配人が端末を操作するわきで、画面を見た。

名前を入力すると、たちまち、片貝悦子の情報が現れた。買い物をしたらしい日付と売上金額がずらりと並んでいる。三日とおかず来店している。

「ほー、クローバーの点数、かなりいってるなあ。買い物のたびにポイントがたまるんですけどね。上得意ですよ。今年だけで、四十万近く買い上げてるし」

「これは買い物をしたときの時間ですね？」

「そうです」

土日も判で押したように、十七時から十八時のあいだに買い物をしている。

警備室に戻ると、結城は訊いた。

「前回の万引きのとき、トラブルがあったと言いましたね？」

「ええ……同じ階にあるファストフード店でね。客と店員が喧嘩《けんか》になって、殴《なぐ》るわ蹴るわで大もめにもめました。警備員が総出で仲裁に入って、どうにか事なきを得ましたが……」

「西松さんも駆けつけた？」

「もちろんですよ」

「そのあいだ、片貝悦子はここにいたんですか？」

「ええ、ひとりで待ってました。逃げようと思えば、逃げられたのにね」

結城はあらためて部屋の中を見わたした。監視カメラのモニターが目についた。

「亡くなった片貝貞代について、なにか知ってることはありませんか？」

「ばあさんですか……そうだなぁ」

「車でぐったりしてたんでしょ？　なにか気づかなかったですか？」

「さあ……」

翌朝もオスマンと向き合った。石井から受けたアドバイスを自分なりに考えて、結論を用意していた。体調のことを訊いてから、結城はゆっくりと口にしてみた。

「なあ、オスマン、ひとつ、訊いてもいいか？」

「いいよ、なに？」

表情ひとつ変えず、オスマンは答える。

「君にはちゃんと日本人の奥さんと子供さんがいるじゃないか。ふたりのことが気にならないのか？」

オスマンは結城の言った意味が理解できないらしい。

「君がこうして警察に捕まったら、家族は路頭に迷うだろ？」

「どうして」オスマンは意外そうな顔でつづけた。「生活保護があるだろ？」

結城は拍子抜けした。どんな罪を犯したにせよ、被疑者がいちばん気にかけるのは家族のことではないか。石井はそう言いたかったのだと思う。

家族に対して、申し訳ないと思う気持ち。それを利用すれば、落とす糸口になるかもしれない。そう石井は読んでいたのだ。

しかし、目の前にいる男から、家族を案ずる切実な思いは少しも伝わってこなかった。

日本だからほうっておいても、家族は餓死《がし》することはないと単純に思い込んでいるのか。

それとも、オスマンにとって、日本人との結婚はあくまで便宜的なものにすぎなかったのか。

自分さえよければ、家族のことはどうでもいい。

むしろ、そっちなのかもしれない。あくまで関心は自分自身のことにある。このまま有罪となって、刑務所に入れられるのか。それとも、国外退去になるのか。オスマンの頭には、そのことしかないらしい。

この男に限ったことなのか。それとも、ナイジェリア人だから、そうなのか。

いや、そうとも言いきれない。日本人でも、同じ類の人間はいる。

たとえば、あの女……片貝悦子はどうだ。

あの女にも母親がいた。もし、オスマンと同じように、片貝悦子も自分のことだけしか考えない人間だとしたら……。

父親の入居一時金を借りたときのことがふと、結城の胸によみがえった。施設入所後三年以内に亡くなった場合は、入居一時金の半額は返済される。その規定を読んだとき、共済組合から借りる決心をした。なにも片貝悦子に限ったことではない。おしなべて、人間は自分の中に身勝手な行動原理を作り出す。それがモラルに反していたとしても、都合のいいように考え行動する。

警察署に連行されたときの片貝悦子の顔が浮かんだ。あのときの悦子の表情は、罪が露見したときに見せる虚脱感のせいではなかったような気がしてきた。もしかするとあれは、まったくちがう種類のものではなかったか。このまま、だまって時間稼ぎをしていれば、母親は間違いなく死ぬ……そう踏んでいた可能性はないか。もしそうであれば、未必《みひつ》の故意《こい》が成立する。いや、ひょっとして殺意が……。

悦子がそうせざるをえない事情を抱えていたとすれば、なおさら合点がいく。年老いた人間を抱える者の悩みは結城にも理解できる。どうにかして、その苦悩から逃れたい、いっそのこと、ここで死んでくれたら……あのとき、片貝悦子の心に、そんな邪悪な考えが芽ばえていたとしたら……。

オスマンの件より優先して調べなければならない、と結城は思った。六時すぎ、取り調べを終えると、内海にその旨、申し出た。

疑念は内海にも通じた。まずは外堀から埋めてみろ、といくつかアドバイスをもらった。ただし、狛江署には内分にしておけと念を押された。

6

「どうしたの、ぼんやりして。今日はもう飲まないの？」

美和子に言われて、結城はふと我に返った。すっかり冷めきったギョウザを口の中に放り込み、コップにビールをつぎ足した。

「絵里は？」

「今日はカラオケ。昨日、言ったじゃない」

「えっ……そうだったっけ」

「ちょっとぉ、夏バテ？　へんよ、あなた」

「今日、テピアに行ったか？」

「そうそう毎日、行ってられないわよ。なにか買ってくる物でもあるの？」

「ないけどさ」

「あの亡くなったおばあちゃんのこと？　気になってるの？」

「いや、別に……」

「嘘でしょ、顔にそう書いてあるわよ」

読まれたなら仕方がない。

「おまえ、テピアに行ったときは、車はいつも決まった場所におくのか？」

「ええ？　なにを言うのかと思ったら」美和子は怪訝《けげん》そうな顔でつづけた。「決まった場所なんてあるもんですか。空いてるとこ見つけたら、さっさと入れるだけよ」

「……だよな」

「へんな人」美和子は壁の時計を見上げた。「やだぁ、もう一時間も経ってる。もう、ご飯でいいわね。わかめのミソ汁、温めなおさないといけないじゃない……」

流しに立った美和子の後ろ姿をながめながら、結城はあれこれと考えにふけった。オスマンの顔がふとよぎって、胃のあたりが重くなった。

翌朝、結城は七時半に自宅を車で出た。暦の上では秋なのに、真夏と変わらない日の光が照りつけている。

世田谷通りを横切り、駒井町に入った。多摩川の堤防近くまで走ると、洋菓子店と見まがうモダンな建物を見つけた。中根《なかね》医院という看板のかかったその駐車場には、九時の開業時間前にもかかわらず、すでに三台ほど車が停まっていた。片貝悦子が万引きをしたとき、結城は警備室の机で、悦子の所持品を目にしていた。その中に薬袋があった。それを処方した医院だ。

受付で用向きを話し、医師にとりついでもらった。

診察室のドアが開き、若い男の医師の顔がのぞいた。

中で十五分ほど話してから医院をあとにする。

その足で、片貝悦子の自宅を訪れた。思ったとおり留守だった。つづけて砧《きぬた》浄水場方面に向かって車を走らせた。

〝きくや〟に着いたのは、午前九時ちょうどだった。小さな店だ。

店の脇にシルバーのマーチが停まっていた。片貝悦子の車のようだ。

向かいの道路に車を停めて、店内を見やった。

和菓子の並んだケースの向こうに、能面のような顔が見えた。葬式がすんで二日しか経っていないのに、もう、片貝悦子は働きに出ていた。

それだけを確認して、テピアへ向かった。

十時開店なので、客はまだ少なかった。かえって好都合だった。地階から七階まである立体駐車場を隅々まで車で走ってみた。

開店時間をすぎると、立体駐車場はみるみる車で埋まってきた。十時すぎ、バナナの階……三階の陽が当たらない北側に車を停めて、店内に足を踏み入れた。受付で西松を呼び出してもらい、やってきた西松とともに警備室に向かった。わけを話し、そのときの監視カメラの映像を見せてもらった。

たっぷり、一時間かかった。時計を見た。

十一時半。時間だ。

結城は、ひとりで立体駐車場に向かった。

三階の通路から出る。エレベーターを使ってめざす階で降りた。コンクリートの壁から身を乗り出して、外を見やった。突き刺さるような陽光が降りそそいでくる。もう一度あたりを見てから、監視カメラの位置をたしかめて警備室にもどった。結城は確信を深めた。

午後は警備室にこもって、何カ所かに電話をかけた。

一段落すると、オスマンのことが頭をもたげてきた。あれこれ考えても、落とせる自信がわいてこない。

四時半をまわった。警備室を出る。三階の立体駐車場とつながっている通廊を歩いた。自動ドアが視界に入ってくる。ドアの手前までは冷房が効いているが、そのむこうは炎熱地獄だ。

自動ドアの手前でたちどまり、立体駐車場を見やった。

じりじりと時間がすぎていく。

午後五時十分。

シルバーのマーチが目の前をゆっくりと通りすぎていった。結城はこぶしを握りしめた。マーチはすぐ先で停まり、バックで駐車スペースに進入してきた。ぴたりと停まる。三十秒ほどして、見覚えのある女が運転席から降りたった。結城は自動ドアから外に出た。ドアからの距離は八メートル足らず。あわてる必要はない。

「片貝さん」

結城が呼びかけると、片貝悦子は、その場でたちどまり、きょとんとした眼で結城を見やった。右手にキーを持ち、左手には買い物袋を下げている。

「その節は失礼しました」結城はそう言って、警察手帳を見せた。

ようやくわかったらしく、片貝は、「ああ」と小声を洩らした。

結城はマーチの停まっている床面を指して、

「そこは身体障害者用の駐車スペースですが、よろしいですか?」

「ええ?」

片貝はいきなり、難癖をつけられたことに驚いた様子で、首をかしげた。

「ここは、三階……〝バナナ〟の階、そして、そこは二番です」結城はマーチを指して言った。「いつも、あなたはここに停めていらっしゃるようですね」

「空いてるものですから……」

「空いているのではなく、空けているのですよ」

「ああ……そうですか」

「少し、お話をしたいことがあります。お付き合いいただけますね?」

駐車場所のことをとがめられたせいか、片貝悦子はおとなしくついてきた。

結城は悦子の前を歩き、自動ドアを通り抜けた。あらかじめ、目をつけておいた喫茶店に入ると、店の奥の壁際に悦子をすわらせた。

アイスコーヒーをふたつ注文して、あらためてお悔やみの言葉を申し述べると、悦子はしおらしく頭をたれた。

「あの……車を停めた場所のことですけど」言いにくそうに悦子は口にした。「こちらの警備員の方には……」

「まだ伝えていません」

今の悦子には、あの場所で結城が待ちかまえていたことに対する疑問が渦巻いているようだった。

「他意はないのですがね、片貝さん」結城はおもむろに言った。「職権上、あなたのことを調べさせてもらいました。いくつか、あなたご自身の口からお伺いしたいことができました。警備員は関係ありません」

有無《うむ》を言わせない結城の態度を見て、悦子は運ばれてきたアイスコーヒーには手をつけようともしなかった。

喉《のど》が渇いていたので、結城は半分ほどコーヒーを流し込んだ。

冷たいものが胃に入ると、妙に気持ちがすわった。

「しかし、いつまでたっても暑いですね」

「ああ……はい」

「あの日も暑かったじゃないですか？」

「あの日と申しますと？」

「この日曜日、あなたのおかあさんがお亡くなりになった日ですよ。日中は気温が三十四度まで上がりました」

「あ……そうですか」

「しかし、不思議ですね。あなた、三日とおかずこの店に来ている。そのたび、車をあの場所……バナナの二番に停めていらっしゃる。警備員に見つかって移動しろと言われたことはないんですか？」

片貝は目を白黒させて、結城の顔をのぞき込んだ。

「ああ、ええ、何度か」

「それでも、平気で停めていらっしゃる。なかなかできませんね」

片貝は目をそらした。

「和菓子屋さんは朝も早いけど、店が閉まるのも早いですね」

「わたしの勤めている店のことでしょうか？」

「ええ」

「朝は九時にお店を開いて、七時には閉めますけど」

「あなたは五時で仕事が終わり？」

「はい、あとはお店の人だけですけど……なにか？」

「お勤めが終わると、あなたはこの店にやってくる。そして六時まで買い物をして帰宅するというのがパターンですね？」

「そういうことになりますけど」

「この二年間、ずっとそのパターンですね。ただし、この日曜日をのぞいて」

悦子の小さな喉仏《のどぼとけ》が動いて、生唾《なまつば》をのみ込んだ。

「日曜日の十一時に、あなたはここにやってきた。そのときは〝バナナの二番〟に車を停めずに、なぜか、〝モモの階の十七番〟に停めた。〝バナナの二番〟はそのとき、空いていたにもかかわらずです」

悦子は眉根をよせて結城を見ている。

「立体駐車場では、監視カメラがあちこちに目を光らせていましてね。撮った映像は、過去、半年分残っているんですよ。それを見て確認しました。あなたは日曜日、車を停めた階のことを、〝真ん中あたりの赤っぽい階〟と警備員に伝えた。リンゴの階とは口にしていない。同じ赤は地階のイチゴでも使われているけど、警備員は〝真ん中〟という言葉につられて、四階のリンゴの階だと決めつけた。そこへ車を探しに行ったものの、実際、おかあさんが乗っておられた車は六階……〝モモの階の十七番〟にあった。あなたからすれば、あとあと、モモも赤っぽいからと言い訳ができますからね。おまけに形もそっくりだし。警備員が勝手な思い違いをしただけだと突っぱねることもできる。警備員は、母親をつれてきているというのが嘘だと疑っているから、熱心には探さなかった。結果的にそれが……」そこまで言って、結城は相手の出方をうかがった。

悦子は全身、氷のようにかたまり、顔は真っ青だった。

ここは一気に押すしかない。

「六階の十七番は午前十一時、この時期、まともに直射日光を浴びる位置なんですよ。おまけに、助手席側は壁際になっていて、そこにすわっている人間を外から確認しづらい。それが結果的に、おかあさんにとって命取りになった」

びくりと電流が走ったように、悦子の上体が動いた。

「中根先生から教えてもらいましたが、おかあさん、もともと心臓が弱かったうえに、甲《こう》状《じょう》腺《せん》機能亢進《こうしん》症《しょう》を患っていたそうですね。膝《ひざ》も悪くて、歩くのも難儀していた。かなり、お薬を飲んでいらしたようですね。二週間前、あなたはひとりで中根医院に出向いて、母親が夜眠れないから睡眠薬をもらいたいと言って、処方してもらったそうじゃないですか。わたしは、それを日曜日の朝、おかあさんにないしょで、こっそりとあなたが飲ませたんじゃないかと思うんですよ。そして、〝モモの階の十七番〟に車を停めて、あなたは店内に入った。そのときはもう、おかあさんは昏睡《こんすい》状態だった。そのままでは、おかあさんは死んでしまう。そんなことをした日には、要保護者遺棄の罪を自分が負わなければいけない。そこで、一芝居打った。それがあの万引き騒ぎだった。いや、芝居ではなかった。七月にもあなたは万引きをしていたから。そのとき、あなたはたったひとりで警備室に残された。あなたの目の前には、監視カメラのモニターがずらりと並んでいた。それを見ていて、あなたはふと気づいたんじゃないですか？　立体駐車場には決して監視カメラがとらえることのできない死角があることに」

コップを握りしめている悦子の手が、かすかに震えているのに気づいた。

目の前にいる女の顔が、地面に落ちる寸前の熟した柿のように見えた。

狛江署を出たのは午後八時すぎだった。片貝悦子は洗いざらい罪を認めた。もともと、母とは気が合わなかったんです……それが犯罪の動機だったと聞かされて、憑《つ》き物《もの》が落ちたような気がした。結城はみずから抱えていた邪心のおかげで、事件解決の糸口を見つけたことを思った。決して他人には見せられない己の心の恥部……あるいは聖域。少しばかり複雑な感慨を抱きながら、一部始終を副隊長の内海に報告して、結城は家路についた。

まだ、口を割らないオスマンのことがふと脳裏をよぎった。明日は高円寺《こうえんじ》に行ってみるか。そこには、オスマンの妻子が住んでいる。オスマンを落とすヒントが得られるかもしれない。

贋《がん》幣《ぺい》

1

結城公一は、コートの襟《えり》を立て、行き交う人の波をさけるように田安門《たやすもん》の前に佇《たたず》んでいた。ピンクのムートンやミニ丈のジャケットを身にまとった女の子たちが、ぞろぞろと武《ぶ》道館《どうかん》に向かって歩いている。十二月六日土曜日午後一時。カリスマ的な人気をほこる札幌《さっぽろ》出身のポップスグループ〝アクア〟の解散公演が行われるのだ。開演時間まで残すところ、一時間。

おととい、悪質なダフ屋がいるという情報がもたらされた。現行犯逮捕すべく、結城が指揮をとる生活安全特捜隊の第二班の十二名が周辺に散っている。

とうとう、ダフ屋相手かと結城は思った。九カ月前、十八年間渡り歩いてきた地域課と交通課を離れて、勇んで生特隊に着任した、晴れて捜査と名がつく仕事ができるのではないか。その希望はときとしてかなえられた。かつてはおよそタッチできない事案の連続だったような気がする。しかし、今回はどうだ……。

捜査対象者の姿は見えない。

結城は昨晩、娘の絵里が言ったことを思い出した。

――お父さん、アクアの解散コンサート、わたしも行きたい。

まさか、本当に来てはいないだろうな。チケットはとっくに売り切れになっているはずだが……。

門の向こう側にいる部下が目にとまった。背中をこちらに向け、うつむき加減で手元をのぞき込んでいる。結城は彼に近づいた。

「おい、小西」

声をかけても、小西康明巡査長は反応しなかった。のっぺりした顔が妙に引きつっている。

「……ないなぁ」

言いながら、小西は札の端《はし》をつまみ、両手で空にかざした。一万円札だ。

札を見つめる目つきが尋常ではない。

「あっ、班長……ないですよね？」

ようやく気づいたように、小西は結城の顔をふりかえった。

「見せてみろ」

とりあげた札を結城は額《ひたい》の上にかかげた。札の中央部、本来あるべき福沢諭吉《ふくざわゆきち》の透《す》かしがない。紙幣全体の色合いが濃く、本来の厚みが感じられない。

「万札にも、もちろん透かしはありましたよね？」

「あるに決まってるだろ」

いやな予感がした。まさか、偽札《にせさつ》か。

結城はビニール袋をとり出し、その中に一万円札を入れ、背広の内ポケットにしまった。そうして、細身の小西を力ずくで石垣に押しつけるようにして訊《き》いた。

「こんなもの、どこで仕入れた？」

「えっと……」

「まさか、おまえが悪さをしてるわけじゃないだろうな」

「そんな、冗談よしてくださいよ」

「じゃあ、どこで手に入れたんだ？」

たたみかけると、小西は珍しく歯切れの悪い口調で、

「歌舞伎町……」

と口にした。

「新宿か？」

小西はすまなそうに、顔をゆがませてうなずいた。

小西は昨夜、前任の大崎署《おおさきしょ》で一緒だった親友とふたりで、新宿歌舞伎町のアポロというハプニングバーを訪れたという。その日知り合った客同士が性的な欲望を満たし合う、別名乱交バーだ。かねてから生特隊の隊員のあいだで、濃厚な〝出会い〟が期待できるという噂《うわさ》が立っている店だった。入会金と入場料とを合わせて二万円也は安くなかったが、下

腹部にたまった誘惑に小西は勝てなかった。結局、めぼしい出会いもなかったらしい。店を出るとき、つい、二万は高いだろう、とキャッチにすごむと、店長がとりなしに現れた。出口の暗がりで万札を一枚渡され、そのままポケットに入れたという。それがこの一万円札です、と小西は白状した。

「まったく、おまえって奴《やつ》は……どういう了見でそんな店に行ったんだ？　内偵のつもりか」

風俗取り締まりは、生特隊の重要任務なのだ。にもかかわらず、まんまと偽札をつかまされるとは。結城は腹の底が煮《に》えくりかえった。

「………」

小西の女好きを隊で知らない者はいない。罰が当たったとしか思えない。

「通貨偽造の刑期を覚えてるか？」

「えっと、無期または三年以上の懲役……でしたっけ？」

「詐欺《さぎ》が立証できれば十年、ヤクザがらみで組織犯罪処罰法が適用されれば懲役十五年だ。覚えておけ」

「は、はい」

小西をせっついて、武道館の方向へと移動した。若い女性たちに交じって、石井の短軀《たんく》が浮き上がって見えた。

退職まで残り五年を切った初老のベテラン刑事も、さすがに驚いた様子だった。「班長、こりゃ十中八九、ガンペイですよ。しかも、かなりの上物」

警官には、偽札のことを贋幣《がんぺい》と呼ぶ習わしがある。

「小西、てめえ、どこでこんなもん、仕入れてきた？」

石井ににらまれて、お調子者の小西は冗談ひとつかえせなかった。

「イッさん、これまでに偽札の現物、見たことある？」結城があいだに入った。

「はじめてですね」

とりあえず、真贋《しんがん》を確かめなくてはならない。ダフ屋はあとまわしだ。

2

科学捜査研究所に結城が持ち込んだ一万円札は、五分とかからず偽札だと断定された。

さらに詳しい鑑定作業を科捜研に依頼すると、結城は本庁五階にある偽札事件の捜査を担当する捜査二課に呼ばれた。課長室には、刑事部参事官の岡本《おかもと》と二課長の吉村《よしむら》、そして、生特隊隊長の桐山《きりやま》と副隊長の内海が顔をそろえて待ちかまえていた。上体を十五度倒して敬礼し、席に着く。

二課長の吉村は結城の顔を見るなり、濃い眉《まゆ》をつり上げた。「アポロは生特隊が摘発寸前だったそうじゃないか」

　別の班の受け持ちだったらしく、結城がそのことを知ったのは今日のことだ。

「まだ、決まっていたわけではありません。ただ……」

「ただ、なんだ？」

「経営者が女性従業員に売春の斡旋《あっせん》をしている可能性が高い、との情報をうちでつかんでおりましたので……」

「売春だとぅ、結城、貴様の部下の管理がなっとらんせいだ。のこのこ、鼻の下を伸ばしに行きやがって」

「まあ、課長、出るものが出たんだ。そんなことはこの際、関係なかろう」と参事官の岡本がとりなしてくれた。

　胸をなでおろしたのもつかの間、「その店の摘発はやるのか？」とふたたび、参事官に訊かれた。

「参事官、ちょっと待ってくれませんか。贋幣が出たんですよ、贋幣が。風俗取り締まりどころの話じゃありませんよ」

　二課長はそう言いながら、生特隊隊長の桐山をにらみつけた。

「むろん、贋幣捜査が最優先です」桐山が苦しげに答えた。「アポロにはなにがなんでも捜査協力させますから」

副隊長の内海はしきりとうなずき、へりくだった態度で言った。「うちから出たネタですし、ここは是非《ぜひ》とも、二課さんのご協力を仰ぎながら、生特隊が内偵捜査に入るということでお願いできると助かるのですが、ね、隊長」

おもねる内海を横目に、吉村は、やむをえないという案配で、背もたれに上体を倒した。

贋幣捜査は捜査二課がとりしきるのが通例だ。たとえ、生安部の生特隊が持ち込んだネタにしろ、いや、生安部がだらしないからこそ、自分たちだけでかかる。吉村の顔にはこう書いてあった。

——てめえら、所詮《しょせん》、機動隊と同列の応援部隊じゃねえか。贋幣捜査を仕切ろうなんざあ、ちゃんちゃらおかしい。

思わぬ展開に、結城はあわてた。二課が即、捜査態勢を組むものだと思っていただけに、このままでは内海のせいで生特隊が担当することになるかもしれない。しかし、贋幣捜査など、これっぽっちの経験もない。だいいち、二課の連中の下働きをさせられるのは目に見えている。ことあるごとに、エリート風を吹かせたがる二課の刑事が結城はことのほか不得手だった。

「よし、そうしてくれ」

参事官の一声で、当面の捜査方針が決まってしまった。

「結城、おまえの班、全員投入してかかれ」副隊長の内海が鬼の首でも取ったように言った。

「お待ちください。お引き受けするには条件があります」

異を唱えた結城に全員の視線が集中した。

このままでは、捜査の本筋から外されるのは目に見えている。捜査をしようにも情報が不足しているではないか。小西のつかまされた偽札は、写真製版による精巧な原版が使われている。プロの仕事だと見てまちがいない。

「現時点で、二課がつかんでいる偽札情報すべてを提供していただきたいと思います。外国人、暴力団がらみの案件、すべてです」

参事官から有無《うむ》を言わさぬ視線をうけて、二課長の吉村がしぶしぶうなずいた。

「よし、結城、すぐかかれ。今夜からだぞ。もたもたするな」

ここぞとばかりごり押ししてくる内海に、結城は怒りさえ覚えた。こいつは自分の体面だけしか考えないのか……。

いらつきながらも、結城の頭の中は、当面の捜査のことで溢《あふ》れかえった。

困った。よりによって贋幣捜査。どこから手をつけてよいのか、さっぱりわからないではないか。

アポロは新宿区役所の裏手、あずま通りにあるバーが入った雑居ビルの地階にある。午後七時、結城らはなんの前触れもなく踏み込んで、店長の鼻先に警察手帳を突きつけた。まだ、客はひとりも来ていない。

「摘発じゃない。心配するな」

怒鳴《どな》りながら、結城は奥の事務室に店長を押しやって、ビニール袋に入った偽一万円札をかざした。

ソフトモヒカンで髪をまとめた雇われ店長は、まじまじとそれに見入った。

「この店から出た。たしかな情報がある。あんたをふくめて、店員全員の指紋を採る。いいな」

部屋の外で、争う物音がして結城は飛び出た。

「令状、もってんのかよ」

「四の五の言わずに、言われたとおりにやれ」

小西が白シャツ姿の店員の胸ぐらをつかんで脅しにかかっていた。結城はあわてて、小西を男から引き離し、壁際に押しつけた。

「粋がるな、段取りがあるだろ」

耳打ちすると、小西はしぶしぶうなずいた。

ここにくる前、小西は本庁二階の取調室で、二課の捜査員による執拗《しつよう》な事情聴取を受けた。偽札をつかまされたときの状況から店の中で見聞きしたことまで洗いざらい吐《は》かされた。まるで被疑者同然の扱いは、普段は呑気《のんき》な小西だが相当にこたえたはずだ。

「奴か？」結城は訊いた。「奴が昨日、おまえに偽札つかませた野郎か？」

小西は鼻息荒く、「そうです。木村《きむら》って野郎です」と答えた。

「奴が偽札を所持していたとは限らんぞ。かっとしやがって。呼ばれるまで外へ出てろ」

小西をひとまず店から追い出した。

店長の名前は遠藤《えんどう》といった。店員は木村一名のみ。ふたりから任意で指紋を採り、事情聴取をはじめた。石井が店長、結城が木村を受け持った。

「さっき、おまえを締め上げそうになった男に万札を渡したのは覚えてるな？」

「覚えています。あの人、警官なんですか？」

「そんなことはどうでもいい。その万札、偽札とわかっていて出したんだろ？」

結城は言いながら、ビニール袋に入った偽札を目の前に突きつけた。

木村はしばらく見入ったあと、ごくりと唾《つば》をのみ込んだ。

「いえ……偽札なんて、使うはずありません」

「じゃあ、どこからこの札、持ち込んだんだ？」

「レジから出しただけです。ごねる客には一万、かえせっていうことになってますし」

「レジに入ってた金は客からの入金だろ？　どの客か覚えてないか？」

「客のじゃありません。酒の支払いやなんやかんやで、オーナーが入れておくんです、毎日」

それから五分近く締め上げて、結城は石井が店長の事情聴取をしている事務所をのぞいた。石井がこちらも終わったという顔で、出てきた。

結城が聴取した中身を話すと、石井も同意した。

「木村の言ってること、嘘《うそ》じゃないですね」石井が言った。「釣り銭と一緒に、毎日、オーナーがレジに入れておくそうですから。昨日の晩は、八万円入れたようです。会員も九割方、なじみ客のようですしね」

「オーナーはどこに？」

「この近くですよ。今ごろならいるそうです。店長に案内させますから」

「よし、行こう」


アポロのオーナーは、古手に入る風俗専門の業者で、アポロ以外に裏ＤＶＤ店を三軒所有していた。昨夜、オーナーからアポロの店長に手渡された八万円は、その裏ＤＶＤ店の売り上げから出ていた。偽札にはオーナーと店長と木村の指紋が付着していたが、三軒の裏ＤＶＤ店に勤務するすべての従業員の指紋を採取した結果、偽札に付着していたものと一致する従業員の指紋が検出された。

さっそく、その裏ＤＶＤ店の店員を事情聴取した。

一万円札を使って、一枚千円の裏ＤＶＤを買い求めた客があったという。その客には、九千円の釣り銭を渡した。人相については、若かったということ以外には店員にはまったく記憶がない。

犯人は遠方から足を運んできたと思われた。足のつきにくい歌舞伎町を訪れ、わざわざ違法営業中の裏ＤＶＤ店を選んでいる。警察に通報される可能性は万が一にもない。そこで使われた偽札がアポロに流れ、小西の手に渡ったということらしい。

結城は早くも袋小路に追いつめられた気がした。

二課からの偽札に関する新たな情報提供はなく、暴力団が動いている気配もない。打つ手は限られていた。

歌舞伎町すべてに目を光らせることなど、とうてい不可能だった。

あらたに偽札が使われるのを待つしかないように思われた。

十二名の部下をふたりひと組で歌舞伎町に散らせた。結城も石井とともに深夜まで足を棒にして聞き込みに歩いた。通行人のだれもがあやしく見えた。単独で歩きまわる不審者に職務質問をくりかえし、裏ＤＶＤ店から出てくる疑わしい人間を片っ端から尾行した。

何度か、小西と出くわした。小西の目は血走っていた。

もともと、小西は刑事を志望していたわけではなかった。大崎署では地域課の地域総務係に配属されていた。交番勤務をするのではなく、課の庶務を担当していた。早い話、事務方だ。あわよくば、管理部門の花形――警務畑に進む足がかりにしたかったようだ。しかし、本人も知らぬ間に、大崎署に割り当てられた刑事講習要員のひとりに組み込まれていた。ある日、いきなり生活安全講習か刑事講習のどちらかを選べと署長から切り出され、しぶしぶ生活安全講習を選んだのだった。

東京の目黒《めぐろ》生まれで、ひとりっ子。大学を優秀な成績で卒業し、警察以外にも大手の都銀の就職試験にパスしていた。

刑事志望でもなく、生特隊に異動したのちも、仕事に対する取り組みは熱心でもなかった。あわよくば、犯罪者と関わりを持たない管理部門で警察人生を過ごしたいと思っていた人間だ。それが今度の事件ではさすがにちがった。もともと、自分に端《たん》を発した事件なのだ。小西にしてみれば、ホシを挙げることしか頭にはないのかもしれない。

自分はどうなのだと結城は思った。警官になりたての頃、マル暴の刑事と諍《いさか》いを起こしたことが原因で、望んでもいなかった交通課勤務へ追いやられた。その後、地域課と交通課を行き来し、二年前にようやく警部に上がることができた。

この自分は本当に仕事と呼べるものをしてきたのだろうか。ふりかえると、自信はなかった。ここは、是非《ぜひ》でもホシを挙げなければ。

3

六日後の十二月十二日。

偽一万円札がまた出た。上野《うえの》にある地銀からの通報だ。

午後四時半、結城班全員が御徒町《おかちまち》にある店に急行した。まっさきに記番号を確認する。

ＭＴ６０２１２５Ｒ
頭にアルファベットが二文字、つづいて六桁の一連番号の数字、最後にまたアルファベットが一文字。頭二文字と末尾一文字を合わせると、印刷した工場がわかる仕組みだ。一枚として同じ記番号の真券は世の中に存在しない。しかし、結城が見ている二枚の番号はまったく同じだ。

支店長から説明を聞いた。

外回りの行員が集金して持ち帰った一万円札の束を計数機にかけていたところ、はじかれて見つかったという。集金を受け持つ地区は、アメヤ横町《よこちょう》——通称、アメ横《よこ》と呼ばれるガード下。集金にまわった店の数は三十二軒で、総額二百六十五万八千円。偽造紙幣はその中にまぎれ込んでいた。

概略をつかんですぐさま、二課長の吉村に直接電話を入れた。

二時間後の午後七時、上野署に刑事部長指揮による特捜本部が立った。実際の指揮者は、二課の管理官、山崎典明《やまざきのりあき》警視。投入された二課の捜査員は十名。そこに結城班十二名と上野署の刑事課員六名が組み入れられた。人数でいえば生特隊が上回った。はじめての捜査会議で濃紺のスーツで決め込んだ管理官の山崎が告げた生特隊の役どころは、アメ横の警戒。朝から晩までアメ横をただただ巡回しつづける。それだけの任務だ。二課の下働きどころではない。およそ捜査とはかけ離れた命令だ。

会議が終わると、結城は山崎に食らいついた。

「管理官、うちも聞き込みに加わらせてもらえませんか?」

山崎は口元に薄ら笑いを浮かべた。「犯人は新宿ではなく、どうしてここを選んだのか、わかったのか?」

「年末で人が多くなるところですから」

「なら、歌舞伎町だって同じだろ?　生特さん、歌舞伎町じゃ、派手に動き回ったって聞いてるぞ。ふたりずつ、お行儀よく肩並べて、バンかけまくりだったそうじゃないか。さすがに、犯人一味だって感づいたんじゃないか」

結城は顔面をはり飛ばされたような気がした。

うかつだった……。

物欲しげな面を下げて歌舞伎町を歩き回る自分たちの噂を、犯人一味が聞きつけた可能性もあるのだ。

結城は山崎の当然の指摘に言いかえすこともできず、引き下がるしかなかった。

この五日あまりの歌舞伎町での捜査がまざまざと思い出された。部下のしでかした不始末を一日でも早く解決したい。万が一、大事になってしまったら、それこそ収拾がつかなくなる。はっきり言って小西のことなど、頭から消えていた。このままでは、部下の監督不行届で、自分にまで責任問題が及ぶかもしれない。そうなる前に、なんとかしたい。その一念で動いていたのだった。

師走《しわす》のアメ横通りは、買い物客でにぎわっている。最初の偽札が見つかって、すでに一週間が過ぎようとしていた。

行員が集金した三十二軒すべての店の関係者から指紋を採取した。その結果、偽札が使われた店が特定された。マルカという百円ショップのチェーン店だ。

春日《かすが》通りに面した店で、当日接客した従業員は偽札に気づかなかった。

「このヤマ、いつまでつづくんですかね？」

石井が注意深く通行人に目をやりながら訊いてきた。

「犯人逮捕までだ」と結城は答えるしかない。

台東区《たいとうく》とそれに隣接する区内にある金融機関には、警察から偽札情報を流していた。しかしながら、マスコミと一般向けには流れていない。流せば、犯人たちが警戒して偽札を使わなくなる恐れがあるためだ。

「なあ、イッさん、二課の連中、どこにいるんだろうな?」

「聞き込みでしょ」

「ぜんぜん街で姿が見えないぞ」

「どこか、心当たりでもあるんじゃないですか」

捜査会議で、二課の刑事たちはいっさい語らなかった。

自分たちだけで、充分。

そう言いたげな態度だ。

「このヤマ、暴力団がらみかな?」結城は苦し紛れにつぶやいた。

「どうして?」

「偽札の原版を作る卸元《おろしもと》がいて、そこから仲買人、換金者っていうぐあいに流れていくって、どこかで読んだことがある」

「……かもしれないですね」

大阪《おおさか》では偽一万円札が、一枚千円で売られていたという情報もあるのだ。

「原版の卸元は千枚単位でさばくとかって昔、聞いたことがありますよ。それくらいしないと、シノギにならないようですから」石井が言った。

「うちのヤマはどのレベルの人間だろうな？　仲買人……それとも換金者か」

「末端《まったん》の人間にちがいないでしょうね。それはそうと班長、小西をどうにかしないと」

また、その話か。

連日、足が棒になるまでアメ横を歩き、夜の八時過ぎに特捜本部のある上野署にもどる。捜査会議でめぼしい報告はなく、本部のおかれた畳《たたみ》五十畳《じょう》ほどもある、だだっ広い講堂の片隅で、生特隊十二名はひっそりと息をひそめている。自宅が近い者は帰宅し、遠い者は講堂にふとんを敷《し》いて寝る。毎日、そのくりかえしだ。

小石川《こいしかわ》の独身寮に住んでいる小西は、通勤可能だったが、講堂で寝泊まりしていた。命令されたわけでもないのに、夜遅くまで単独でアメ横を歩いているようだ。偽札をつかまされて以降、へたな俳句を詠《よ》むこともなくなった。そんな部下をほうっておけず、結城も講堂で横になる日々だ。

夕方、特捜本部にもどると、デスク席に詰めている科捜研の鑑定技官を訪ねた。文書鑑定が専門の菅野《すがの》という三十五の男で、特捜本部に常駐している。なで肩で長髪、白衣を着せれば大学の研究室が似合う。培養した細菌を顕微鏡《けんびきょう》越しに見つめて、にやにやする学者タイプだ。

菅野の机の上に出された二枚の偽一万円札をながめた。

どちらも、わざとらしく四つ折りにした折り目がついている。

「この二枚、共通する指紋が出たんですか？」

結城は訊いた。菅野は二課以外の人間も、わけへだてなく接してくれる。

「けっこうな数の残留指紋、あるんですよ。一致するものは出てませんけど」のんびりした口調で菅野は答えた。

出ていれば、それが犯人の指紋ということになる。

「ここなんですけどねえ」

菅野はマルカで使われた偽札の記番号を示した。記番号の〝T〟のところに、かすかにアンダーラインのようなものが引かれている。鉛筆で薄くなぞったようだ。小西が渡された偽札に、そのような書き込みはない。

「偽札が使われたマルカでついたんじゃないかって、思っていたんですけどね」菅野は言った。

「レジでよく従業員が鉛筆、使うじゃないですか」

「それにしては、きれいにまっすぐ引かれてますよね。アンダーラインみたいだ」

「そうなんですよ」

「この偽札を扱った従業員は特定されているんでしょ？」

「五十歳のパートの主婦なんですけどね、本人は線など引いた覚えはないそうです」

「では、犯人が引いたと？」

「……可能性はありますね」

そうだとしたら、何か目的でもあるのか？　それとも、いたずらか？

夜九時に開かれた捜査会議で、二枚の偽札が回覧された。小西が、聞き込みの相棒になっている上野署刑事課の捜査員とともに、食い入るようにして見つめていた。


翌週、立てつづけに二枚の偽札が見つかった。まず月曜日にアメ横通りにあるジーンズ専門店でだ。犯人は五百円のバンダナを一枚買い求めて、九千五百円の釣り銭を得ている。そして火曜日には、アメ横センタービルの一階にあるドラッグストアで見つかった。こちらでは十枚入りマスクを一セット買い、九千四百円の釣り銭を得ている。どちらも同じ記番号だ。

通報を聞いた結城がかけつけたドラッグストアには、すでに十名近い二課の捜査員が来ていた。

「マスクを買った奴ね、覚えてます。女ですよ、えっと、高校生くらいかなあ」

偽札を受けとった店員が言った。

「制服を着てたんですか？」

「まさか」

遠巻きに結城は息を殺して聞きながらも、驚きを隠せなかった。

とうとう、犯人が姿を見せた。

しかも、女……。

直接、店員に訊いてみたかったが、二課の刑事に取り囲まれて、かなわなかった。

特捜本部に持ち込まれた二枚の偽札の鑑定が済むと、結城は偽札を子細《しさい》にながめた。ジーンズ専門店で使われた偽札には、奇妙な書き込みがあった。表の福沢諭吉像の右側、札を囲む五ミリほどの余白に、鉛筆で〝E〟と書かれてある。そしてドラッグストアで見つかった偽札にも、ほぼ同じ位置に〝N〟の一文字が鉛筆書きされている。

いったい、この〝落書き〟はなんなのか。

偽札を見つけた店員に問いただしたものの、そんなものを書いた覚えはないと否定された。

ならば、書いたのは偽札を使った犯人だとしか考えられない。妙な話だ。

これから使おうとする偽札に、わざわざ落書きなどする犯人がいるだろうか。

初回、アンダーラインが引かれていた〝T〟を生かせば、三つを合わせて〝TEN〟になる。

TEN——10。

偽札を作る工程で書き込まれたとは思えない。

きっとなにかがある。

捜査会議は結城が持ち出したこの疑問で紛糾した。

しかし、明解な答えが出ないまま、会議は幕引きとなった。

納得できないまま、その晩も結城は講堂に泊まった。

小西のふとんは、夜半過ぎまで空のままだった。

午前三時、浅い眠りから覚めて便所に立つと、コートを着たままの小西と廊下ですれちがった。

帰ってきたばかりらしく、小西の身体《からだ》から夜の冷気がただよっていた。

「小西」

結城が呼びとめると、小西は険《けわ》しそうな顔を結城に向けた。

「こんな時間まで開いてる店があるのか？」

「あります」

「どこに？」

「あるんですよ」

ぼりぼりと頭をかきながら小西は言った。消しゴムカスのようにフケが落ちる。

「風呂入ってこいよ」

「風邪《かぜ》気味ですから」

「なにか、不満でもあるのか？」

「ありません」

結城は少しばかり腹が立ってきた。もとはといえば、目の前にいる部下のせいで二課長になじられ、先の見えない捜査に付き合わされている。生特隊の本務である風俗取り締まりは、年末のこの時期、猫の手も借りたいほどの忙しさだというのに。

「単独で動くのは慎《つつし》めと言われているだろ」

「自分はそうしているつもりはありません」

青白い顔で小西は答えた。

「……まったく。早く休め」

拳《こぶし》を握りしめたまま、寝床のある講堂に向かう小西の後ろ姿を結城は見送るしかなかった。

4

翌朝、富坂庁舎にある生特隊本部にもどった。隊長の桐山は不在で、副隊長の内海しかいなかった。仕方ないと思いながら、内海の前に立った。

「いい報告でも聞かせてくれるのか？」内海は言った。

「そうではありません。小西のことです」

「あれがどうした？」

「生特隊本部に、もどしていただけませんか？」

「奴を？　事件解決の目処《めど》でも立ったのか？」

「いえ、まだ」

「だったら、そのままだ。あいつには、特捜本部に最後まで残ってもらう」

「偽札をつかまされたことが、それほど悪いんですか？」

「結城、なに寝言、言ってるんだ。今度の一件じゃ、うちの部長が動き回って、どうにかもみ消してるんだ。風俗に行って偽札をつかまされたなんて警務にでもばれてみろ。すぐマスコミにばらされるぞ。回りまわって、おれたちの責任問題になるんだ。よーく、考えてものを言え」

「とにかく、これ以上、小西を特捜本部には置いておけません」

「どうしてだ？」

「このままでは、身体をこわします」

「そんなわけ、ねえだろ。一週間かそこらの本部詰めで、倒れるようなヤワじゃねえ」

「いえ、今度のことでは、神経が参っています。夜は休めと言っても聞き入れません」

「いい心がけじゃないか」

「ものには限度があります。生特隊本部にもどしてやっていただけませんか？」

内海は目を細めて、結城を見すえた。

「結城。甘いぞ、てめえ。だいたい、今度の一件はそもそも、あのバカが引いてきたんだろう。あいつさえあんな店に行かなきゃ、今頃、こっちは二課の連中が青筋たてて、偽札犯を追っかけてるのを高みの見物できてたんだ。少しぐらい連帯責任を負うのは当たり前だろ」

「それは甘んじて受けます。しかし、個人レベルの話は別です」

「個人もクソもないだろうが。結城、おまえ、管理職だろ」

「はっ……？」

「少しは考えたらどうだ。この際、生特隊の若い連中にも一罰百戒《いちばつひやっかい》の意味を込めて、小西には精を出してもらおうと言ってるんだ。おまえなら、言わなくてもそれくらい、わかってるもんだと思ってたぞ」

「ですが……」

「ですがもへったくれもない。隊長とも話した。決定事項だ。二課さんの言うとおりのことしてりゃいいんだ。そのうち、カタが付く」

むらむらと怒りが湧《わ》いてきた。

まるで、でくの坊ではないか、自分たちは。二課に小馬鹿にされるだけだ。しかし、小西も小西だ、と結城はあらためて思った。あいつさえ、偽札をつかまされてこなかったら、こんなことにはならなかったのに。

上野署にもどり、夜の捜査会議が終わると、結城は上野署の大竹《おおたけ》を個室に呼んだ。小西と組んでいる上野署の刑事だ。定年を再来年に控えた五十八歳のベテランだ。その大竹に小西の様子はどうですか、と単刀直入に結城は切り出した。

「やっこさん、そうとう、思い詰めてますよ。ろくに口もきかねえし。班長さんが心配なさるのもわかりますね」

「日中は、どんな感じですか？」

「おとなしく、ついてきてますよ。ときどき、こっちで飼ってる情報屋を紹介したりはしてますけど」

「捜査会議が終わったあとも、あいつ、ひとりでその辺をうろついているようなんですが、ご存じですか？」

「えっ、そうなんですか？」

結城は毎晩、小西が夜半過ぎまで特捜本部に帰ってこないことを大竹に話した。

「もしかしたら、新宿かな……」

大竹がつぶやいた。

「新宿がどうしました？」

「彼氏、何度か地図のようなものを見ていたな……けっこう、書き込みがありましてね。歌舞伎町の地図だったような気がしますけど」

「歌舞伎町ですか？」

「はっきりと見たわけじゃありませんが……」

「わたしが訊いても、なにも答えません。昼間、聞き込みのとき、それとなく訊いてもらえますか？　情報屋のことや、夜、出歩く先、ほかにも気になっていることなど……なんでもかまいませんから」

「訊いておきますよ」

「お願いします。あいつになにか変化があったら、すぐ教えてください」

「わかりました。すぐにお知らせします」

5

十二月二十三日。天皇誕生日。暮れも押し迫ったアメ横は、買い出し客でごったがえしていた。ここ一週間近く、ぱったりと偽札は出現せず、捜査は一向に進まなくなった。結城たちは、人混みの中を漫然と歩きまわるしかなかった。一昨日あたりから風邪気味で、どうにも身体がだるい。だから、夕方になって偽一万円札が出たという一報が入ったとき、心身ともに生きかえったような気がした。

場所はアメ横の乾物店。自分たちがいちばん近くにいる。千載一遇のチャンスだ。小躍りしながら、石井とともに現場に急行した。店はすぐわかった。

素早くビニール手袋をはめ、素手で偽札をつかんでいる女性店主から、一万円札を受けとった。ビニール袋に偽札をしまい、記番号を確認する。これまでのものと同じだ。偽札にまちがいない。ざっとながめた。

あった。福沢諭吉像の右手の余白に鉛筆で〝D〟の文字。

「よく、偽札ってわかりましたね？」

結城が訊くと、でっぷりした店主は腰に手を当てて、言った。

「みんな知ってるよ。このへんに出まわってるんでしょ。このあたりは現金客ばかりだから さ、狙《ねら》われるのよ。早いとこ、捕まえてくださいよ」

「努力してますから」

ヤジ馬が集まってきた。石井をそこにとどまらせて、結城は店主と奥に行った。

二畳ほどの事務所で、店主から情報を聞き出していると、二課の捜査員が駆けつけてきた。何をやってるんだという顔つきでにらまれた。それまでにつかんだ情報を口にしたものの、二課の捜査員はろくに聞こうともしなかった。早々に追い出された。

石井とともに店をあとにする。

「ばあさん、ホシを見てるぞ、イッさん」

結城は腹の中にしまっておいたことを告げた。

「女？　男？」

「女、女子高生風」

「やっぱりか。で、ほかにはなにか？」

結城は左手の甲を石井の前に差し出した。

「ここに火傷《やけど》の痕《あと》があったらしいんだよ。形を詳しく聞いた。たぶん、タバコの火を押しつけられた痕だ」

「じゃ、暴走族上がりですかね」

「近頃の不良はそうとも限らないし」

「援交とか？　その女、なにを買ったんです？」

「五本入り寒天《かんてん》一箱、六百円。釣り銭を渡すと、外に男が待っていたらしい。そいつのそばまで行くと、男が女に手を上げたらしいんだが、とっさに、女のほうはよけたそうだ」

「ほう……男ねえ。風体は？」

「生白い顔のイケメンだったそうだが、すぐ人混みに消えたとか。ただ、男が手をふり上げたとき、手首に黒い数珠《じゅず》を巻いているのが見えたっていうんだ」

「臭《にお》いますね」

「ああ、臭う。これまでにないパターンだしな」

上野署の特捜本部にもどると、さっそく、管理官の山崎に報告を済ませた。そのあと科捜研の菅野に偽札を渡した。

菅野はルーペをとり出し、しばらくのぞき込んだのち、これまでのものと同一です、と答えた。

「こんどは〝D〟ですか……これまでのと合わせると、TEND……」

「なにか思い当たることはないですか?」

「英訳すると〝傾向〟。ほかにも、なにかの世話をするとかいう意味があったんじゃないかなあ」

「筆跡はどう?」

「まあ、これまでと同じですねえ」

菅野は細い指で、英和辞典をぱらぱらとめくり出した。

そうしていると、出張っていた捜査員たちが次々にもどってきた。新しい偽札が出たとの情報が、捜査員たちのあいだにすぐさま伝わったのだ。その中に小西もいた。偽札を見た捜査員たちが、ふたたび聞き込みに出かけるのを尻目に、小西はどうしたことか、デスク席から離れなかった。

「小西、どうかしたか？」

「いえ、特に……」

ビニール手袋をはめ、じっと偽札を見つめる小西の目は、やはり血走っている。偽札をつかまされてから二十日近くたち、小西は頰《ほお》の肉が目立って落ちた。

「今日はもう、聞き込みはやめろ。大竹さんにはおれのほうから伝えておく。おまえは寮に帰って休め」

「いえ、自分は……」

結城の声が耳に入らぬように、小西は偽札を裏返しにして、蛍光灯の明かりに透かして確かめていた。

「なにか、気がついたことでもあるのか？」

「ありません」

「なくて当たり前だろ。科捜研のプロが見たって、わからんのだ。さあ、かえしてやれ。指紋の調べが残っている」

言われて小西は菅野に偽札をかえした。

やおら立ち上がると、小西はおぼつかない足取りで部屋を出て行こうとした。

結城は小西に追いつき、二の腕をつかんだ。

「寮に帰れよ、まっすぐ帰るんだ」

「いえ、自分は大丈夫です」

「小西、おまえ、夜な夜な、どこをほっつき歩いてる?」

「昼間行けなかったところです」

「まさか、風俗に行ってるわけじゃないだろうな」

「行くわけありません」

まったく、頑固者め。

つい、先日までは冷やかし半分の俳句をひねっていたくせに、この変わり様はなんなのか。お調子者だとばかり思っていたのに。

「わかったな。さっさと寮に帰って休め。命令だ」

小西は重たげに敬礼すると、特捜本部をあとにした。


クリスマスイブ。二課の刑事連中は、ほぼ全員がアメ横に展開していた。

街はジングルベルのコーラスとサンタの赤で埋め尽くされている。結婚したての頃、よく女房とこの街に買い出しに来たことが思い出された。しかし、いまは感傷に浸《ひた》っている暇はなかった。

新たに偽一万円札が出た、との情報がもたらされたからだ。アメ横では五枚目だ。特捜本部にこれまでにない緊張が走った。昨日の今日だ。犯人たちはこの喧噪《けんそう》にまぎれて、いよいよ性根を入れて動き出したようだ。様子見はやめたらしい。捜査員たちは全員、その思いを強くした。

使われたのはアメ横通りに面したコンビニエンスストア。偽札を使った犯人は、また例の女子高生ふうの女だ。薬用リップクリームを一個買い求め、九千三百円の釣り銭を得ている。しかし、連れと思われる男の存在は確認できていない。店側もかき入れどきで、いちいち万札をチェックしている暇はない。

単独ではなく、複数の人間が偽札を使うかもしれない。そうなったら収拾がつかなくなる。

焦燥感ばかりが先行した会議で、めぼしい報告はなかった。新しい目撃証言はなく、犯人は若い女ということだけ……。三々五々、退室していく捜査員を目の隅《すみ》に入れながら、結城はアメ横で見つかった五枚目の偽札をながめた。

その札にも落書きがあった。

〝E〟

同じ位置だ。鉛筆で書かれているのも同じ。

結城はデスク席で、アメ横で見つかった五枚の偽札を並べて見た。落書きをつづけて書けば、

〝TENDE〟

まったく、意味をなさない。

――通貨偽造犯が洒落《しやれ》のつもりで書いているのか。

石井と連れだって夜のアメ横に出た。外はぞくっとするほど寒かった。白いものがちらついていた。クリスマスイブの街は、人でごったがえし、熱気でむせかえるほどだった。

こんな中で偽札を使われたら、見分けがつかない。石井とそんな話をしていると、携帯が震えた。上野署の大竹からだった。

「班長さん、いま、どちらに？」

「御徒町駅の前です。なにかありましたか？」

小西の名前が出たので、結城はその場に立ち止まり、携帯を耳に強く押しつけた。

「わたし、いま、特捜本部に帰ってきたところですが、小西が少し前、本部にやってきたそうです」

「……で、いまは？」

「影も形もありません。なんでも、デスク席で偽札を見ていたそうですけど」

「すぐ、引き返します」

「そうしてください。会議もはじまりますから」

携帯を切り、すぐ上野署にもどった。

特捜本部に詰めている科捜研の菅野に尋《たず》ねると、小西のしていたことを教えられた。

「今日見つかった偽札を見せてくれと言われたので、そうしましたけど」

「偽札のなにを見ていたんでしょうか?」

「ビニール袋からとり出して、ちょうど班長と同じように並べて見ていましたけど……そうだ、それをかえしてくれたとき、彼氏、『やっぱりホストか』とかなんとか言ってたような気がします」

「ホスト……ですか」

「そう聞こえましたが……」

「小西がどこへ行ったか、知りませんか?」

「いえ、あわてた様子で出ていきましたが……」

その場で結城は携帯をとり出した。小西の携帯にかけた。出ない。

つぎに小西が入居している独身寮の代表電話にかけた。しばらくして、寮長の部屋につながった。身分を告げて、小西を呼び出してもらうように頼んだ。あとでかけ直しますか、と言われ、自分の携帯番号を教えた。

三分後、携帯が震えた。

「いま、部屋に行ってみましたけど、まだ、もどってきていないようですね」

「つかぬことをお訊きしますが、昨夜、小西は寮にもどりましたよね?」

「えっ? あいつ、特捜本部に寝泊まりしてたんじゃなかったっけ?」

「いえ、昨日は帰しましたけど……もどらなかったのですか？」

「そのようですね」

「わかりました。ありがとう」

6

山手線《やまのて》内回りで、新宿駅についたのは十時半をまわっていた。石井とともに東口の地下道を小走りに駆けた。

この二週間近く、夜の捜査会議が終わったあと毎日、小西はここに来ていたのではないか。捜査本部の関心は新たに偽札の出たアメ横に集中していた。しかし、自分が偽札をつかまされた店のある歌舞伎町に、小西は怨念にも似た感情を抱いていたはずだ。だから、単身、日参してここで聞き込みをつづけていたのだろう。

偽札の出所を求めて、積極的な行動に出ていたのかもしれない。そして、今日、見つかった偽札の〝E〟。

結城はそのホストクラブの名前を思い出していた。聞き込みで歩いたとき、何度か目にしていた。おそらく、あれだ。

コマ劇場に向かって先を急いだ。そして銀座通りに入った。

すぐ先にコンビニがある。ゴミかごの並んだ手前。

「班長、ほら、あそこ」

石井があごでしゃくった先、三辻《みつつじ》の角に小西の姿があった。

小西の四角い顔に、派手なネオンがまたたいていた。

TENDER

黄色い電飾が黒い路地にひときわ映えていた。

一連の偽札に書かれた文字をつなげると「TENDE」になる。そして最後に〝R〟をつけくわえれば、この店の名前だ。

小西は見つけたのではないだろうか。偽札の出所につながる可能性のある店を。

ともかく、あそこでの張り込みはまずい。もっと、人目につかない場所でなくては。イングリッシュパブのチェーン店の看板が通りの先に見えた。あそこの二階からなら、店の入ったビルの入り口を見下ろすことができるはずだ。

「この二週間、ずっと、歌舞伎町に通ってたのか?」

石井が訊くと、小西は気まずそうにうなずいた。

「なにをしてたんだ？」

「歩きました」

　歌舞伎町じゅうの店名を暗記するほどにだ。だから、まっさきに、この店のことが頭をよぎったのだ。

　結城は窓際の立ち席から、斜め下に見えるホストクラブの入り口を見つめた。拡大したホストたちの顔写真と名前が恥ずかしげもなく、べたべたと店の前のボードに張り出されている。この店が、偽札と関係していると考えるのは、早計に過ぎるだろうか。小西のつかまされた偽札の出所は、この近くにある裏ＤＶＤ店だ。あのホストクラブにつとめるホストが、偽札を使ったとしてもおかしくはない。

　偽札に奇妙な書き込みをしたと思われる女子高生ふうの女のことを思った。

　ホストと女子高生。ふたりに関連はあるのだろうか。

　そんなことを考えていると、また、クラブの白いドアに吸い込まれるように、四十歳前後の女が入っていった。張り込みをはじめて、四人目だ。先ほどは、三十代の女が店の中に消えた。それなりに繁盛《はんじょう》しているということだろうか。ジンジャーエールで舌を浸しながら、結城は静かに店を見つめた。

　午前零《れい》時を回ったとき、店のドアが開いて、グレーのスーツを着た男が現れた。茶髪だ。腕にかけた革コートを羽織るとき、その右手に黒い数珠が光った。

「班長、見ましたか？」

「見た」

動き出そうとした小西の動きを結城は制した。

「小西、ここから先はおれたちでやる。おまえは、ここにいろ」

小西は眉間に憤りの色を浮かべて結城の顔をにらんだ。

「今度の一件は、おまえの手柄にする。だが、今日だけは任《まか》せろ」

石井が小西の肩に手をのせると、ようやく小西は平静にもどった。

結城は石井とふたりして店を出た。

あらためて店の前に張り出されたホストの顔写真を見た。手に黒い数珠をはめた男の写真がある。名前は二宮啓太《にのみやけいた》だ。

たっぷり距離をとって、二宮を追った。石井と目配せして、道の左右に分かれた。二宮はタバコに火をつけると、角を右に曲がった。すぐさきに、西武新宿線の新宿駅がある。駅構内に入る間際、二宮は火のついたタバコを投げ捨てた。それを石井が拾うのを確認して、結城はぴたりと二宮の背後についた。

二宮の尾行は成功した。西武新宿線の沼袋《ぬまぶくろ》駅北口から徒歩で六分ほどのところにある古いアパートでひとり暮らしをしていた。二宮の本名は安岡且行《やすおかかつゆき》。埼玉県行田《ぎょうだ》市出身の二十三歳。

新宿署の生活安全課によれば、三カ月前、安岡且行は、強引な客引き行為により、風営法違反で現行犯逮捕されていた。〝TENDER〟に勤務しているホストはぜんぶで、十名。その中でも古株だ。

判明した事実を特捜本部に上げ、十名全員の行動確認作業に入った。

結城班は安岡且行を受け持った。アメ横の乾物店の店主に安岡の写真を見せると、たぶん、見たのはこの男だと思います、という証言が得られた。

しかし、安岡の捨てたタバコから検出された指紋は、偽札にあった残留指紋とは一致しなかった。

安岡且行は次の日も同じ時刻に帰宅した。変化があったのは、その翌日だった。午後四時過ぎ、自宅を出た安岡は、徒歩で中央線の高円寺駅に出向いた。北口のバス乗り場でぶらぶらしていると、到着したバスから降り立ったひとりの若い女に近づいて腕を取った。女はそれをふり切って、その場から駆け出していった。安岡は追いかけることもなく、駅から電車に乗った。

捜査員のひとりが、その女の尾行についた。

7

大晦日《おおみそか》。午前十時。

結城は上野署の一室で管理官の山崎とふたりきりで向き合っていた。

「その女の名前は？」

山崎は結城班が隠し撮りした写真を見ながら言った。

白いスニーカーにGジャン。厚手のニット帽をかぶっている。高円寺駅で安岡をふり切って、逃げていった若い女だ。

「つい、さきほど身柄を確保しました。山上玲奈《やまがみれな》、十七歳。野方《のがた》にある私立高校に通う女子高生です。高円寺の賃貸マンションで両親と三人暮らしです」

「高三か……この女が偽札を使った犯人だという証拠はあるのか？」

「被害にあった店すべてに写真を見せて、確認しました。まちがいありません」

「この女ひとりを挙げたところで意味はないだろ。安岡はどうなんだ？　偽札を使わせたのは奴だっていう証拠はあるのか？」

山崎は結城が用意した安岡の通貨偽造及び行使等容疑の逮捕状請求書を机に放り投げた。安岡を引っぱるには管理官の同意が不可欠だが、簡単にいきそうもなかった。

「同時に安岡のアパートも、ガサ入れします」

山崎はあきれた顔で結城をにらみつけた。「たいがいにしろ。ろくに証拠もないくせに」

山崎を制するように結城はつづけた。「裏がとれました」

「どんな？　言ってみろ」

結城は山上玲奈の友人から聞き込んだ証言を口にした。

――六月頃、みんなで新宿のゲーセンで遊んでいたの。そしたら、変なホストに声かけられたの。みんな無視したのに、玲奈だけくっついてどっか行っちゃった。それから、もうあの子、そのホスト野郎に入れ込んじゃって。身体売ったりしてるって噂も立ったしね。

その話を聞いて、結城はわかったのだ。

安岡且行は自分についてきた女子高生と寝た。女は自分のものになった。しかし、安岡は玲奈を女として見ていなかった。いや、人として見ていなかった。単なる金のなる木のひとつに過ぎなかった。

……オレのことを好きなら、そのことを証明しろ。

甘い文句でたらし込んだ末に、玲奈に売春を強要し、その金をせっせと貢《みつ》がせた。しかし、そう長くはつづかない。

今月に入って、安岡は玲奈に一万円札を一枚渡した。これを使って釣り銭を持ってこいと。玲奈はおそらく、すぐに偽札だと気づいたはずだ。しかし、安岡は玲奈が偽札だと知ったにもかかわらず、無理やり使ってこいと命じた。

玲奈は一時は入れ込んだとはいえ、まだ十七歳の女の子だ。さんざん身体を弄《もてあそ》ばれて貢がされ、挙句《あげく》に偽札の使用を強要されて、玲奈は安岡との関係に嫌悪を抱きはじめていた。憎しみさえ覚えるようになり、この男となんとか縁を切りたいと思い始めていた。

だが、従うしかなかった。玲奈はとっさに記番号のTの文字にアンダーラインを引くことを思いついたのだ。そして二枚目、三枚目と……。きっとそうに違いない。

結城の話を聞いた山崎が口を開いた。「玲奈にそのことはぶつけたのか?」

「むろんです。落ちました。偽札に連続してアルファベットを書き込んだことも認めています」

──TENDER。

「あのホストクラブのことを警察に知らせるためか?」

「そうです」

「玲奈は自分を捕まえてほしかったっていうことなのか?」

「ほかに考えられません」

「まったく……手の込んだことだな」

「若いと思って、女をみくびった結果がこれです」

玲奈も罪はまぬがれない。しかし、通貨偽造及び行使等容疑ではなく、罰金刑で済む収得後知情行使等容疑となるだろう。玲奈は従犯なのだ。いや、それ以下の奴隷……。安岡にしてもそれに近いかもしれない。本犯の仲買人は別にいるはずだ。

「管理官、お願いがあります」

山崎は脂ぎった顔を結城に向けた。

「取り調べはうちにやらせてください」

「なかなかの連中だぞ。簡単なことでは落ちない。わかっていて言っているのか?」

「むろんです」

山崎は結城の顔を見つめた。「できなかったら、生特隊の恥がひとつ増えるぞ。いいのか?」

「かまいません」

山崎は折れた。

午後四時。

安岡且行が上野署に連行されてきた。係官とともに刑事課にある取調室に入ったのを見届けると、結城は硬い表情をした小西と向き合った。

「任せていいんだな?」

結城が言うと、小西はまなじりを決して取調室を見やった。

「落とします」

「本当に大丈夫か」石井が口をはさんだ。「取り調べなんて、ろくに経験もないくせして」

「経験は関係ありません」

「口の減らない奴だ、まったく」

「よし、小西、行ってこい。絞って絞って絞り上げろ」

口を引き結び、立ち会いの刑事とともに、取調室に入っていく小西の後ろ姿を見送った。

「班長、今日ばかりは賛成できないですなあ」

――安岡の取り調べはわたしにやらせてください。

そう志願した部下をはねつけるのは簡単なことだった。しかし、それでは小西に成長はない、と結城は思った。ここは、賭けるしかない。名誉挽回《ばんかい》のつもりでかかれ、と石井の反対を押し切り、小西を送り出した。結果はどう出るか。あと少しでわかるだろう。

午後七時半。

取調室に変化の兆《きざ》しはなかった。安岡のアパートのガサ入れは一時間前に終了し、証拠物件はすでに本部に運び込まれている。

やはり、だめか……。

取り調べは自分が代わるしかない。

そう思った矢先、石井の携帯が鳴った。

「お……そうか、出たか、わかった、でかした」

石井は携帯を切ると、結城の顔を見やった。「菅野からです。安岡の財布にあった千円札から、例のコンビニエンスストアの店員の指紋が見つかったとのことです」

最後の偽札が出た店だ。

よし、これでいける。

結城は高揚する気持ちを抑えた。

安岡の持ち物の紙幣から、偽札が使われた店の関係者の指紋が検出された。

それはつまり、偽札を使った玲奈を経由して、安岡がその釣り銭を受けとったということになる。これでもう、安岡は申し開きできない。

ほっと息を継ぐのと取調室のドアが内側から開くのが同時だった。

小西の顔がこちらを向き、にんまりと笑みを浮かべた。

小西は大股で近づいてきた。「偽札の出どこは伊熊《いくま》興業若頭の野村義久《のむらよしひさ》です。二百枚あずかったそうです」

「二百枚……」

「年内は試験的に使い、年が明けてから大々的にばらまく計画だったようです。原版の卸元へたどり着けるかもしれません」

「どうやって吐かせた?」

石井が信じられない面持ちで訊いた。

「押しの一手です」

「おまえの口からそんなことを聞くなんて、年が越せるのか心配になってきたな」

「主任、僕だってやるときはやるんですよ」

「えらそうに」

石井がさっと拳をふり上げた。それをよけるように、小西は顔をそむけて口を開いた。

「大晦日、諭吉の顔に、笑みもどり」

へたな句を詠んだ小西のにやけ顔を結城はだまって見つめた。

地域課と交通課を渡り歩いてきた日々がよぎった。およそ〝捜査〟とは無縁な世界に身を置いていたときが嘘のように遠のいていた。

――悪くない。

刑事として働くという、若い頃に描いた夢がこの一年でかなったような気分だった。生特隊の扱う事件は地味だ。一目でそれとわかる惨殺死体もなければ、凶悪事案も存在しない。そこにあるのは、人目をはばかりながら身体を売る少女であり、強者の下で虐《しいた》げられる人間だ。しかし、たとえ、事件とは呼べない地味な端緒《たんしょ》でも、その先に思いがけない事態が潜んでいる。それを切り開いていく醍醐味《だいごみ》は、ひょっとすると一課にもどこにも存在しないのかもしれなかった。

生特隊に来て、長い一年、いや九カ月だった。これでようやく、年が越せるかもしれない。冷たい師走の空気を胸一杯吸い込んで、結城は気を引き締めた。

解　説——警察小説の領域を超えた圧巻の人間ドラマに血が騒ぐ

ブックジャーナリスト　内田《うちだ》　剛《たけし》

容赦《ようしゃ》なく心が動く物語だ。素晴らしい。血生臭いバトルや派手なアクションがあるわけではない。むしろ抑制のきいた展開である。だからこそ直接心に響くのだ。繰り広げられるのは嘘偽《うそいつわ》りのない生身の人間ドラマ。ストーリーとして面白いだけではない。登場人物たちから吐《は》き出される言葉が鋭い矢となって心に突き刺さる。そしてじんわりとした余韻《よいん》を残して身体《からだ》の奥底にまで響きわたり消え去ることはない。決して読み飛ばすことのできない極上のエンターテインメントの世界がここにあるのだ。

等身大の主人公の活躍だけでなく、組織に生きる人間模様を細やかに描き切る。ここが面白さのポイントだ。仕事に対する責務を背負った情熱と、個人の限界を感じ諦《あきら》めに近い冷静さも伝わる。この熱量と空気感が絶妙で、圧倒的なリアリティに裏打ちされた説得力には目を見張るものがある。

本作『聖域捜査《せいいきそうさ》』は二〇一〇年に集英社《しゅうえいしゃ》から刊行された同タイトル作品の二次文庫である。一一年という時を経《へ》て、この名作が再び世に届けられることはまたとない僥倖《ぎょうこう》である。二〇二一年現在、世界中がコロナ禍《か》の不穏な空気に覆《おお》われ、ソーシャルディスタンスが新たな生活様式となった今だからこそ、人の体温や息づかいまでが伝わるこの作品が必要なのだ。懐《なつ》かしいというよりはむしろ新鮮な印象を与えてくれる、絶妙なタイミングでの再刊行であることをまず強調しておきたい。そして『聖域捜査』の後には『境界《きょうかい》捜査』（二〇一二年刊）、『伏流《ふくりゅう》捜査』（二〇一三年刊）も続けて祥伝社から世に出される予定があり、改めて三部作として読み返せることもまた嬉しい。

　本書の主人公である結城公一《ゆうきこういち》警部（四〇）は「一八十センチの背丈に肉厚な身体の持ち主」で人一倍正義感に溢《あふ》れた人物だ。警視庁生活安全部の特別捜査隊である「生活安全特別捜査隊」、通称「生特隊」の第二班所属。総勢一二名を抱えるこのチームの班長で、警視庁に入って一八年にわたり地域課と交通課を経験し、「本物の捜査の醍醐味《だいごみ》を味わってみたい」という強い思いを抱えながら、文字通り大きな身体を持て余して勤務している。

　捜査一課をはじめとする花形部署から軽《かろ》んじられる、縁の下の力持ち的な役割である「生特隊」。「少年事件やわいせつ事案をはじめとして、環境犯罪やサイバー犯罪まで」が捜査対象という何でも屋のような存在だ。ドラマや映画に登場するような恰好《かっこう》いいばかりが刑事ではない。影の部分があってこそ光もまた鮮やかに輝くのだが、この設定がまずリアルだ。希望部署に行けない苦悩。組織内での無益な対立。これは一般の企業にもそのまま当てはまる。警察という特殊な舞台を描きながら、不思議と日常とかけ離れたようには感じられない。読み手である僕らとまったく同じ視線を感じるのだ。ただ生き延びるための懊悩《おうのう》の日々、その葛藤《かっとう》が手にとるように伝わってくるのだ。理不尽だらけの社会の荒波に埋もれるちっぽけな自分という存在。凝《こ》り固まった組織の中で明日も見えぬまま、奮闘する登場人物たちの姿に触れるにつけ共感が高まってくる。

さらに興味を掻《か》き立てられるのは、挫折《ざせつ》感を抱えた結城警部個人の話だけではない点だ。生特隊の仲間たちがワンチームとなって次々と巻き起こる難題に立ち向かうという構造がいい。人は一人では生きられない。よりよいサポートがあってこそ成長できるのだ。読みながらシンプルに人生の真理にも気づかされる。人間関係からの学び。これまた重要な読みどころの一つであろう。

そしてまた結城班長を取り囲む隊員たちも個性的だ。特にそれぞれの人間性に着目してもらいたい。警部補の石井誠司《いしいせいじ》（五五）主任は辛抱強く頼りがいのある年上部下。巡査長の小西康明《こにしやすあき》（三一）隊員は山の手生まれの一人っ子。機転は利《き》くが、独身で女好きなのが弱点。勤務の合間に下手な一句を詠《よ》むのもご愛嬌《あいきょう》。警視の内海康男《うつみやすお》（五二）副隊長は刑務部門から異動してきた典型的な事務屋で御身《おんみ》大事、事なかれ主義の上司。こうして並べてみても各々が面白く、この魅力的なメンバーがいかに化学反応を起こしていくのか想像しただけでも楽しい。ちなみに『境界捜査』以降では新人刑事・寺町由里子《てらまちゆりこ》も加入し、結城の妻や娘も絡《から》んでくるから人物相関にもさらに深みが醸《かも》し出される。

タイトルである「聖域」もこの物語を読み解く鍵となる。人は誰もが自分の周囲に「境界線」を意識しながら生きているだろう。大人と子供。男と女。上司と部下。善と悪。合法と非合法。意識と無意識。生と死に聖と俗。表と裏に陰と日向《ひなた》。仕事や家庭、学校や地域だけでなく、さまざまな場所に「ゾーン」があるからこそ人は役割を持って共存できるが、同時に差別や蔑視《べっし》も生み出す諸刃《もろは》の剣《つるぎ》でもあるのだ。まさに「聖域」は人の心の中にも存在する事実を痛感できる。

この作品は「3年8組女子」「芥《あくた》の家」「散骨」「晩夏の果実」「贋幣《がんぺい》」の5篇で構成された連作短編集であるが、それぞれ長編にもなり得るような密度の濃さとスリリングな展開に驚かされる。援助交際、虐待、介護などテーマはまさに現在進行形で、社会の暗部に光を照らしている。生特隊の矜持《きょうじ》と情熱を持って追い詰める敵は犯人だけではない。組織内部にも足を引っ張る者がいる。各章で提示された際どい境界線をチェックし、結城たちがいかに闘いながらミッションを乗り越えていくかを読みとってもらいたい。

さてここで初めてこの作家の作品を手にする読者のために著者についても触れておこう。書店店頭で人気ジャンルとなった警察小説に新たな風を吹きこんだ安東能明《あんどうよしあき》は一九五六年生まれ、静岡《しずおか》県出身。明治《めいじ》大学政経学部経済学科卒業。浜松《はままつ》市役所勤務の傍ら執筆を続けて一九九四年に「褐色《かっしょく》の標的《ひょうてき》」で第七回日本推理サスペンス大賞を受賞し、『死《し》が舞《ま》い降《お》りた』のタイトルでデビュー。二〇〇〇年に『鬼子母神《きしぼじん》』で第一回ホラーサスペンス大賞特別賞を受賞して専業作家となる。二〇一〇年に「随監《ずいかん》」で第六三回日本推理作家協会賞短編部門を受賞と本当に華々しいキャリアだ。この『聖域捜査』も初版が同年だからまさに脂《あぶら》が乗り切った時期での刊行で筆の漲《みなぎ》りも感じさせる。

数々の代表作の中でも人気作家として確固たる地位を手に入れた「随監」を収録した『撃《う》てない警官《けいかん》』（新潮文庫）は揺るぎない名作である。出世欲が旺盛な三十代半ばのエリート警部が、部下の拳銃自殺により左遷される。ここから復活を懸《か》けた主人公の姿が胸に迫る。刑事の内なる闘いを主軸とした点で、この「生活安全特捜隊シリーズ」にも通じるものが大いにある。

個人的には二〇一七年刊の『夜《よる》の署長《しょちょう》』（文春文庫）にも激しく心を打たれた。夜間犯罪の多発する新宿署に一〇年も居座る伝説の名物刑事。彼は何を追っているのか。隠されていた真実が分かった瞬間、燃えたぎらせていたその深い執念に平伏するしかない。続編の『夜の署長2　密売者《みつばいしゃ》』ももちろん読み逃せない。警察小説の進化と深化について語るには安東能明は決して外せない作家なのである。

出世作『撃てない警官』は「柴崎令司《しばさきれいじ》シリーズ」としてその後も『出署《しゅっしょ》せず』『伴連《ともづ》れ』『広域指定《こういきしてい》』『総力捜査』と続き版を重ねている。もうひとつ忘れてはならないのは「赤羽中央署生活安全課《あかばねちゅうおうしょせいかつあんぜんか》」シリーズ（祥伝社文庫）だ。『限界捜査《げんかいそうさ》』『侵食捜査《しんしょくそうさ》』で改めて警察小説の王道の面白さを示し、『ソウル行最終便《ゆきさいしゅうびん》』では綿密な取材力に裏づけられた説得力と、壮大なスケールで企業ビジネスの内幕を暴いてみせた。『彷徨捜査《ほうこう》』ではこの国の病巣ともいえる高齢化社会の闇に迫り、本作『聖域捜査』にも連なる着眼点で警察小説の白眉《はくび》ともいえる世界観を見せつけた。

　登場人物たちのあふれ出る情熱。大胆なアイディアと繊細な切り口。発想の柔軟さもまたこの作家の長所であろう。前述の『鬼子母神』は幼児虐待、『復讐《ふくしゅう》捜査線《そうさせん》　通訳官《つうやくかん》エリザ』では外国人労働者、『強奪《ごうだつ》　箱根駅伝《はこねえきでん》』は劇場型犯罪、『女形警部　築地署《つきじしょ》捜査《そうさ》技能伝《ぎのうでん》承官《しょうかん》・村山仙之助《むらやませんのすけ》』は歌舞伎《かぶき》がテーマとなっており何ともバラエティに富んでいる。この他、『水没《すいぼつ》　青函《せいかん》トンネル殺人事件《さつじんじけん》』、『螺旋宮《らせんきゅう》』など目に見える世界や価値観を瞬時に変えてしまう力量のある物語が数多《あまた》ある。これらの作品群もぜひ手にしてもらいたい。安東能明に描くことのできない〝聖域〟はない。広範な引き出しの中から読書の楽しみが一気に広がることは間違いないだろう。

　さまざまなアプローチと巧《たく》みな人物描写で人間の素顔と社会の闇を描き切り、読者を楽しませ続けてきた実力派の安東能明が、今後いかなるカードを切るのか楽しみで仕方がない。令和《れいわ》という新たな時代にこの『聖域捜査』シリーズが読み返される意味を改めて嚙《か》みしめながら、群雄割拠の警察小説界にまた新たな基軸を問うか、はたまたまったく違ったジャンルで勝負をかけてくるか刮目《かつもく》して待とう。

（この作品『聖域捜査』は平成二十二年十二月、集英社より文庫版で刊行されたものです）

一〇〇字書評

聖域捜査

切り取り線

購買動機（新聞、雑誌名を記入するか、あるいは○をつけてください）

□（　　　　　　　　　　　　）の広告を見て	
□（　　　　　　　　　　　　）の書評を見て	
□ 知人のすすめで	□ タイトルに惹かれて
□ カバーが良かったから	□ 内容が面白そうだから
□ 好きな作家だから	□ 好きな分野の本だから

・最近、最も感銘を受けた作品名をお書き下さい

・あなたのお好きな作家名をお書き下さい

・その他、ご要望がありましたらお書き下さい

住所	〒				
氏名		職業		年齢	
Eメール	※携帯には配信できません		新刊情報等のメール配信を 希望する・しない		

この本の感想を、編集部までお寄せいただけたらありがたく存じます。今後の企画の参考にさせていただきます。Eメールでも結構です。

いただいた「一〇〇字書評」は、新聞・雑誌等に紹介させていただくことがあります。その場合はお礼として特製図書カードを差し上げます。

前ページの原稿用紙に書評をお書きの上、切り取り、左記までお送り下さい。宛先の住所は不要です。

なお、ご記入いただいたお名前、ご住所等は、書評紹介の事前了解、謝礼のお届けのためだけに利用し、そのほかの目的のために利用することはありません。

〒一〇一－八七〇一
祥伝社文庫編集長　清水寿明
電話　〇三（三二六五）二〇八〇

祥伝社ホームページの「ブックレビュー」からも、書き込めます。

www.shodensha.co.jp/bookreview

祥伝社文庫

聖域捜査《せいいきそうさ》

令和 3 年 8 月 20 日　初版第 1 刷発行

著　者　安東能明《あんどうよしあき》
発行者　辻　浩明
発行所　祥伝社《しょうでんしゃ》
東京都千代田区神田神保町 3-3
〒101-8701
電話　03（3265）2081（販売部）
電話　03（3265）2080（編集部）
電話　03（3265）3622（業務部）
www.shodensha.co.jp
印刷所　堀内印刷
製本所　積信堂
カバーフォーマットデザイン　芥　陽子

 ISBN978-4-396-34749-9 C0193